D1574153

**Augenblicke
voller Lächeln**

# Augenblicke voller Lächeln

**365 positive Gedanken fürs ganze Jahr**

**MOEWIG**

# 3. Januar

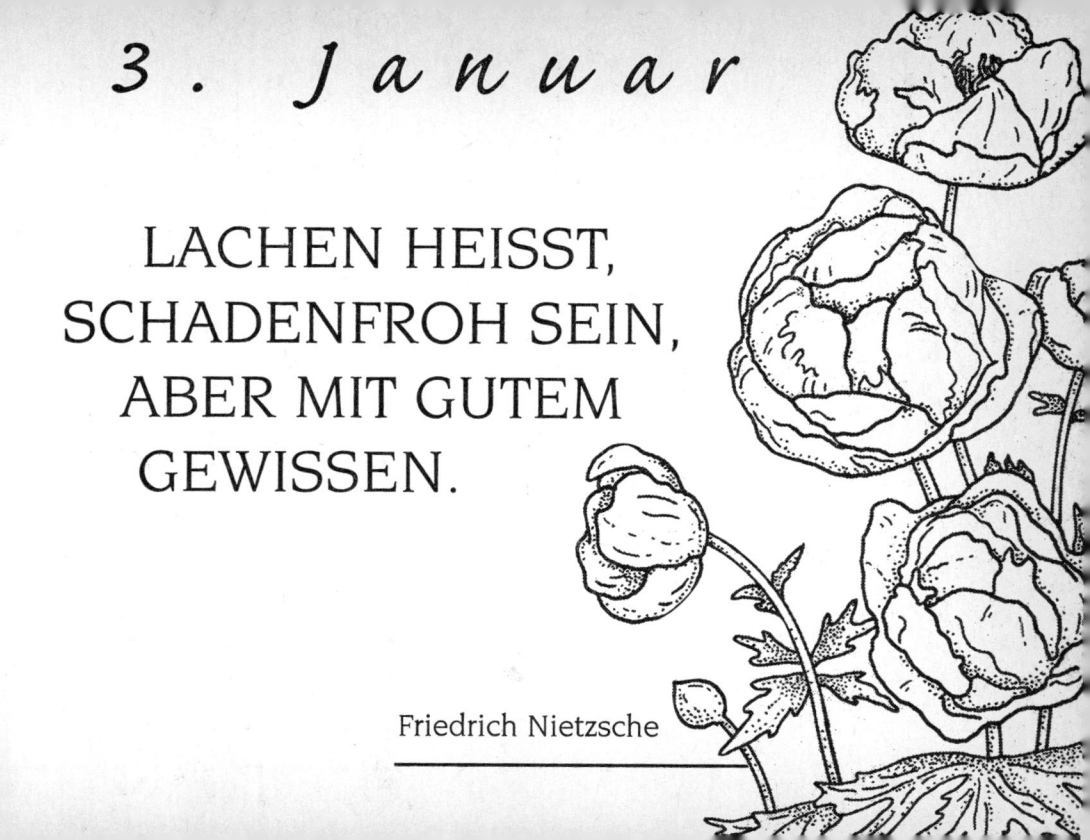

LACHEN HEISST,
SCHADENFROH SEIN,
ABER MIT GUTEM
GEWISSEN.

Friedrich Nietzsche

## 4. Januar

HUMOR IST DER
KNOPF,
DER VERHINDERT,
DASS UNS DER
KRAGEN PLATZT.

Joachim Ringelnatz

## 5. Januar

DIE KOSMETIK-INDUSTRIE MACHT UNSERE FRAUEN ZU SEHERINNEN: SIE HABEN ALLE DAS ZWEITE GESICHT.

Hanns-Hermann Kersten

## 6. Januar

OBWOHL DER MENSCH SCHON ZU NEUNZIG PROZENT AUS WASSER BESTEHT, SIND DIE ABSTINENZLER IMMER NOCH NICHT ZUFRIEDEN.

John Hendrick Bangs

# 7. Januar

ZWISCHEN SÄMTLICHEN STÜHLEN AUF HOHEM ROSS – DAS NENNE ICH CHARAKTER.

Hanns-Hermann Kersten

# 8. Januar

ADAM UND EVA HATTEN VIELE VORTEILE: VOR ALLEM BEKAMEN SIE ALLE ZÄHNE SOFORT UND AUF EINMAL.

Mark Twain

# 9. Januar

DER EINZIGE
ENTSCHULDIGUNGS-
GRUND FÜR EINE
LIEBESHEIRAT IST DIE
UNÜBERWINDLICHE
GEGENSEITIGE ZUNEIGUNG.

George Bernard Shaw

*10. Januar*

ES IST DIE SCHRAUBENMUTTER, DIE ZUSAMMENHÄLT, NICHT DER SCHRAUBENVATER.

Hellmut Walters

## 11. Januar

LEBEN SIE ALLEIN
UND WERDEN GEFRAGT,
WARUM, ANTWORTEN SIE:
KEIN PARTNER IST SO
HANDLICH WIE KEIN
PARTNER.

Oliver Hassencamp

## 12. Januar

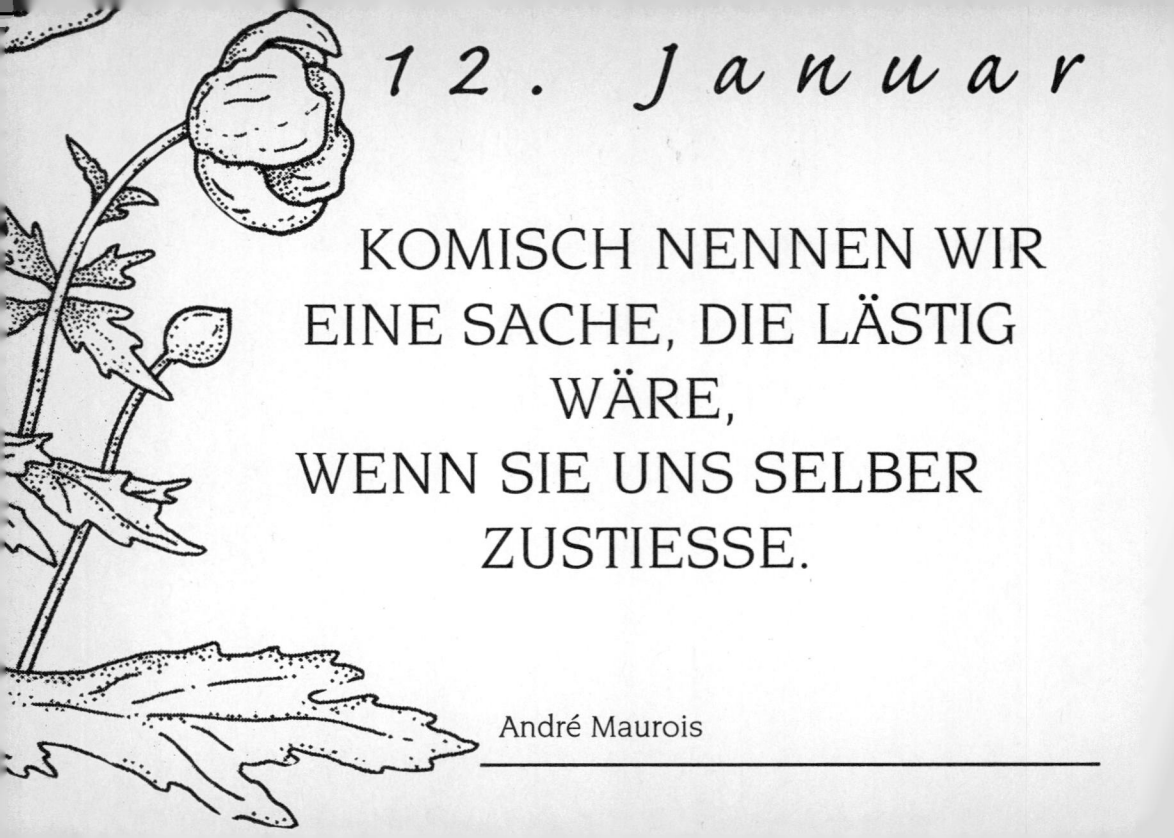

KOMISCH NENNEN WIR
EINE SACHE, DIE LÄSTIG
WÄRE,
WENN SIE UNS SELBER
ZUSTIESSE.

André Maurois

# 13. Januar

MENSCHEN FRAGEN
IMMER WIEDER,
WAS SIE TUN SOLLEN,
UM MÖGLICHST ALT ZU
WERDEN. DIE ANTWORT IST:
NICHT ZU VIEL.

Robert Lembke

## 14. Januar

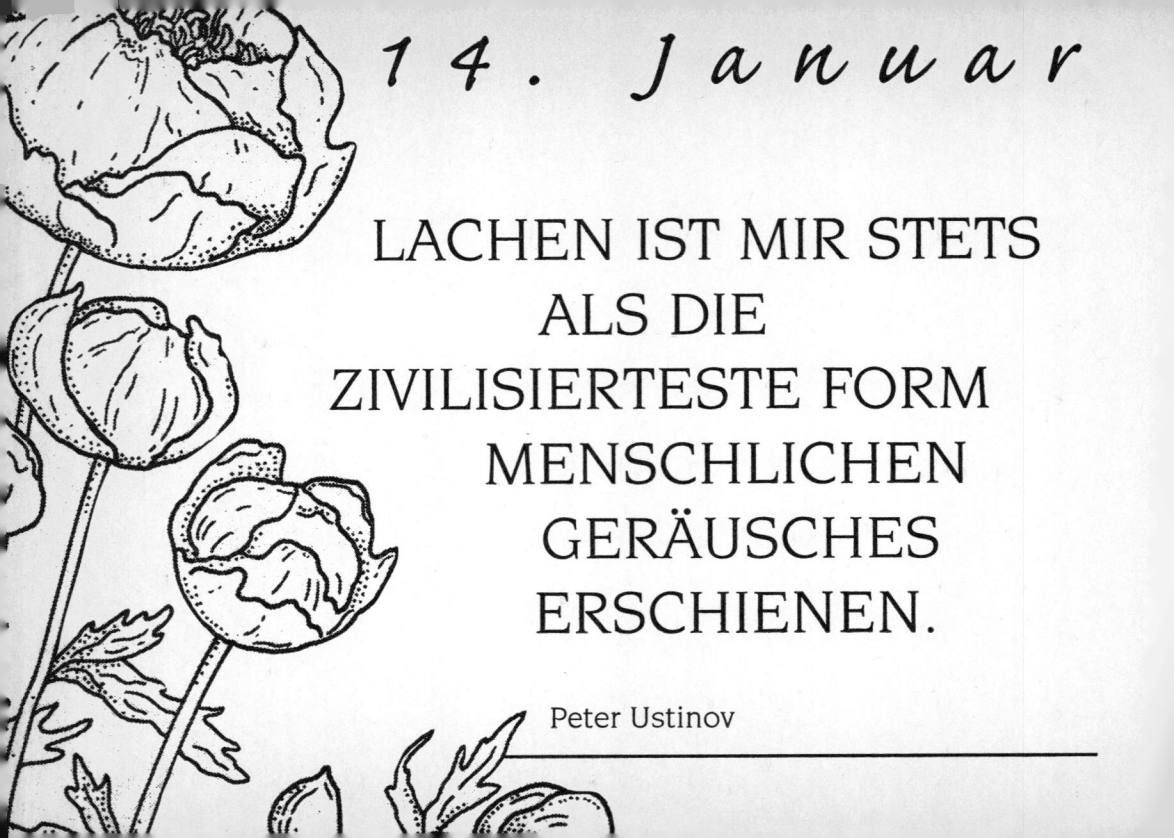

LACHEN IST MIR STETS ALS DIE ZIVILISIERTESTE FORM MENSCHLICHEN GERÄUSCHES ERSCHIENEN.

Peter Ustinov

## 15. Januar

FESTREDNER SIND LEUTE, DIE IM SCHLAF ANDERER MENSCHEN SPRECHEN.

Jerry Lewis

## 16. Januar

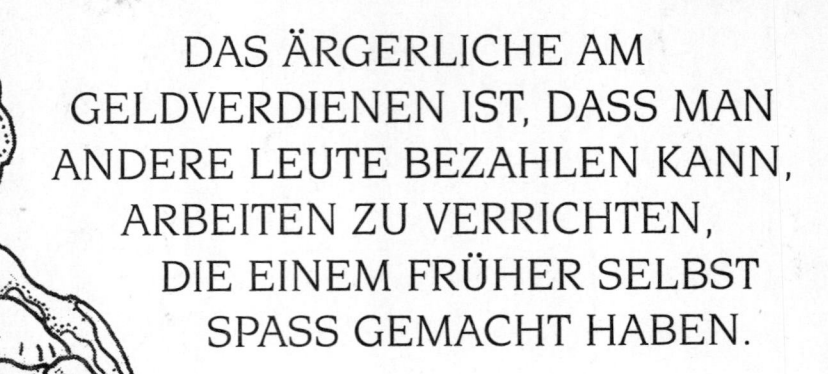

DAS ÄRGERLICHE AM GELDVERDIENEN IST, DASS MAN ANDERE LEUTE BEZAHLEN KANN, ARBEITEN ZU VERRICHTEN, DIE EINEM FRÜHER SELBST SPASS GEMACHT HABEN.

Lawrence Durrell

## 17. Januar

DER ZAHNARZT IST DER EINZIGE
MANN, DER EINE FRAU
JEDERZEIT ZUM SCHWEIGEN
BRINGEN KANN,
OBWOHL SIE IHM DIE
ZÄHNE ZEIGT.

Hannes Wühr

# 18. Januar

EINE JAPANISCHE FRAU WIRD IHREM MANN NIE ÄRGERLICH WIDERSPRECHEN. SIE ARRANGIERT NUR DIE BLUMEN UM.

Marshall McLuhan

## 19. Januar

THEORIE IST, WENN MAN WEISS, WIE ES GEHT. PRAXIS IST, WENN ES GEHT, ABER MAN WEISS NICHT WIE.

Werner Albrecht

# 20. Januar

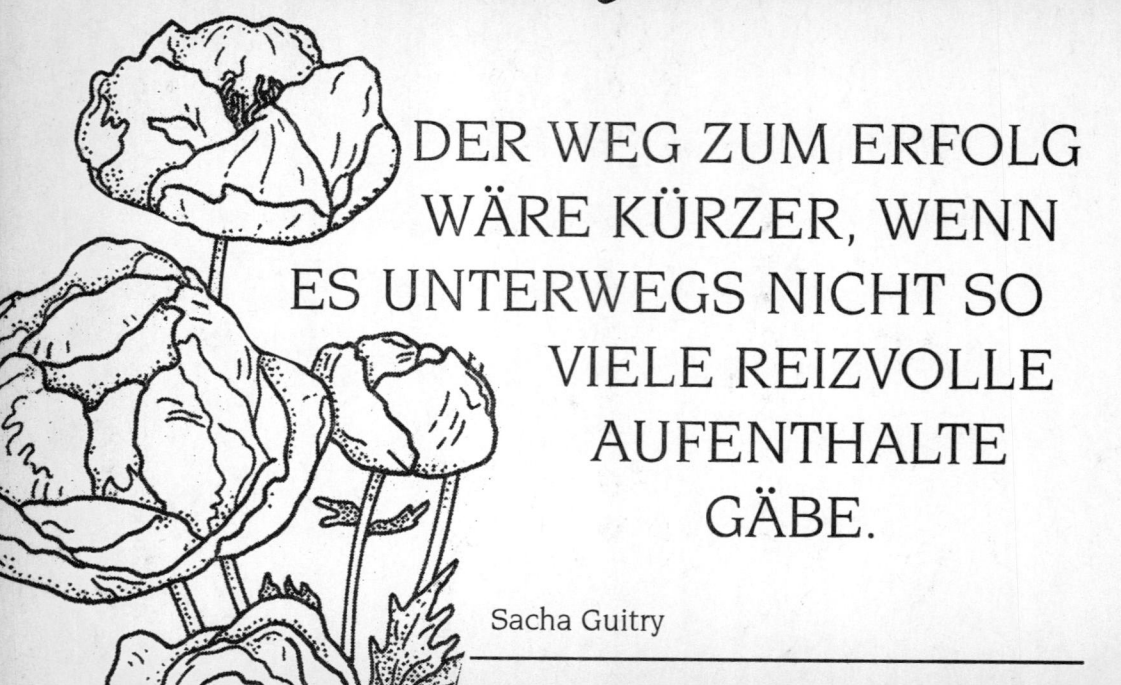

DER WEG ZUM ERFOLG
WÄRE KÜRZER, WENN
ES UNTERWEGS NICHT SO
VIELE REIZVOLLE
AUFENTHALTE
GÄBE.

Sacha Guitry

# 21. Januar

DAS SELTSAME AN
DON QUICHOTTE
IST NICHT, DASS ER
DIE WINDMÜHLEN FÜR
RIESEN HIELT,
SONDERN DASS SANCHO
PANSA IHM GLAUBTE.

Sigismund von Radecki

## 22. Januar

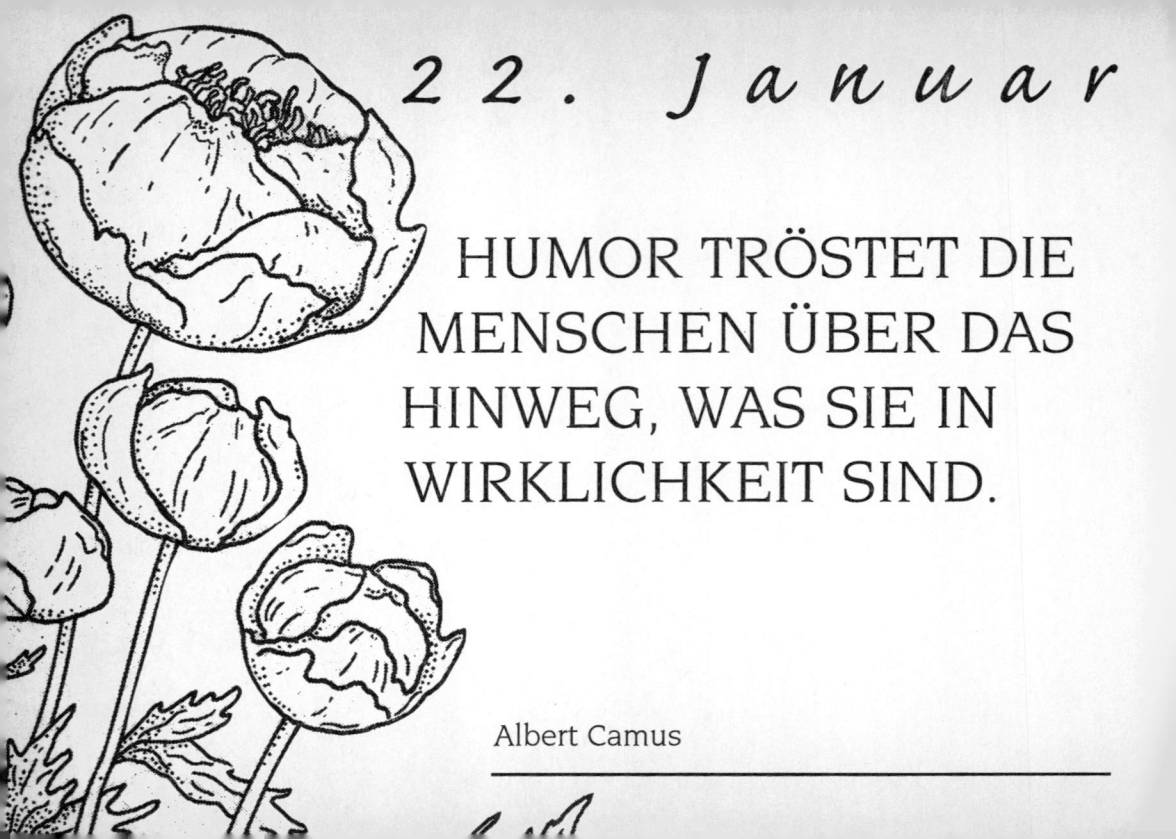

HUMOR TRÖSTET DIE MENSCHEN ÜBER DAS HINWEG, WAS SIE IN WIRKLICHKEIT SIND.

Albert Camus

## 23. Januar

DIE MÄNNER SIND ZWEIFELLOS DÜMMER ALS DIE FRAUEN. ODER HAT MAN JEMALS GEHÖRT, DASS EINE FRAU EINEN MANN NUR WEGEN SEINER HÜBSCHEN BEINE GEHEIRATET HAT?

Micheline Presle

# 24. Januar

ICH FREUE MICH JEDES-
MAL, WENN SCHLECHTES
WETTER IST. DENN WENN
ICH MICH NICHT FREUE,
IST AUCH SCHLECH-
TES WETTER.

Ernst Kirchgässer

# 25. Januar

WENN DIE WELT SO AUSSÄHE WIE DIE ANSICHTSPOSTKARTEN, KÖNNTE MAN TATSÄCHLICH NICHTS BESSERES TUN, ALS IHR EINE BRIEFMARKE AUFZUKLEBEN UND SIE IN DEN NÄCHSTEN KASTEN ZU WERFEN.

Robert Musil

## 26. Januar

EIN FUSSBALLSTAR RÄCHT SICH AN DER PRESSE, INDEM ER ABHAUT. EIN SHOWMASTER RÄCHT SICH AN DER PRESSE, INDEM ER BLEIBT.

Rudi Carrell

# 27. Januar

DEMOKRATIE IST, WENN EINER STEUERT UND EIN ANDERER BREMST UND TROTZDEM KEIN UNFALL PASSIERT.

Wolfram Weidner

# 28. Januar

EINE BRILLE IST DER SIEG
DER NEUGIER ÜBER
DIE EITELKEIT.

Robert Lembke

# 29. Januar

DAS KIND HAT DEN
VERSTAND MEISTENS
VOM VATER,
WEIL DIE MUTTER IHREN
NOCH BESITZT.

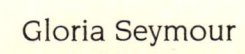

Gloria Seymour

# 30. Januar

DIPLOMATIE BESTEHT DARIN,
DEN HUND SO LANGE
ZU STREICHELN,
BIS DER
MAULKORB
FERTIG IST.

Fletcher Knebel

# 31. Januar

UND AUF EINMAL VERSTAND ICH,
WAS LIPPEN-
BEKENNTNISSE SIND:
ICH KÜSSTE EINEN
MANN.

Gisela Widmer

# 1. Februar

WENN EINEM EINGE-
FLEISCHTEN
PESSIMISTEN EIN
STEIN VOM HERZEN
FÄLLT, FÄLLT ER IHM
BESTIMMT AUF DEN FUSS.

Karl Farkas

## 2. Februar

IN VIELEN FAMILIEN BEDEUTET CHRISTENTUM HEUTZUTAGE NUR NOCH, DASS MAN ZUR GROSSMUTTER UND ZUR KATZE FREUNDLICH IST.

R. C. Bedford

# 3. Februar

**GELD ALLEIN MACHT NOCH NICHT UNGLÜCKLICH.**

Peter Falk

## 4. Februar

ICH FINDE ES RICHTIG, DASS MAN ZU BEGINN EINER JAGD DIE HASEN UND FASANE DURCH HÖRNERSIGNALE WARNT.

Gustav Heinemann

# 5. Februar

MAN KANN DIE ERKENNTNISSE DER MEDIZIN AUF EINE KNAPPE FORMEL BRINGEN: WASSER, MÄSSIG GENOSSEN, IST UNSCHÄDLICH.

Mark Twain

# 6. Februar

DER UMGANG MIT MENSCHEN
WÄRE SEHR VIEL EINFACHER,
WENN AUCH LEERE KÖPFE
GELEGENTLICH
KNURREN WÜRDEN.

Robert Lembke

# 7. Februar

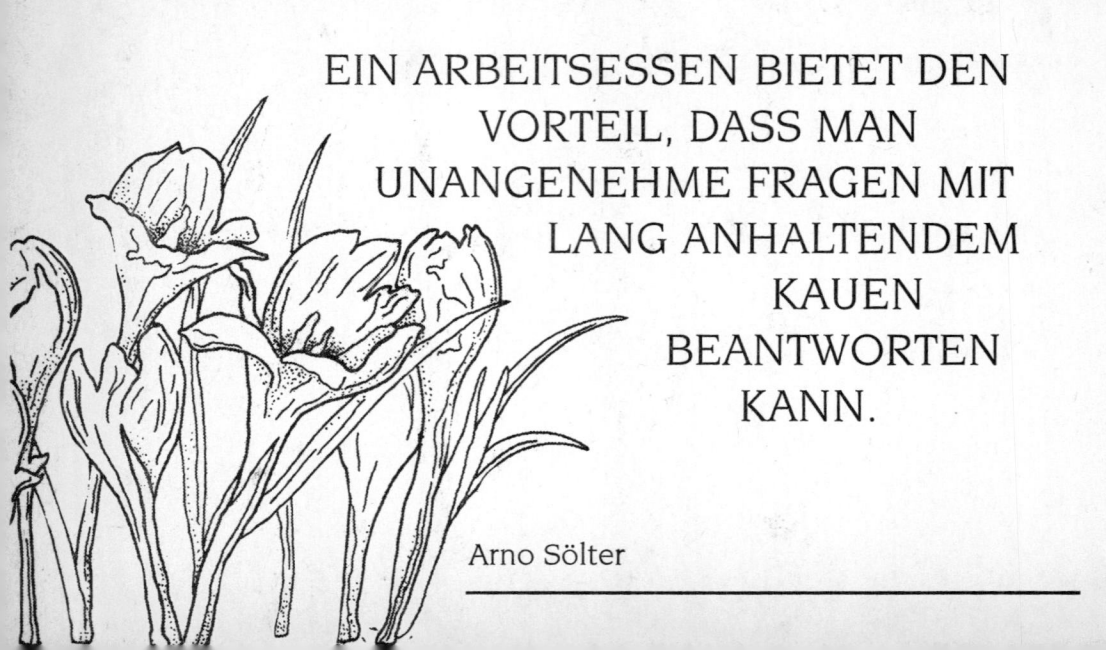

EIN ARBEITSESSEN BIETET DEN VORTEIL, DASS MAN UNANGENEHME FRAGEN MIT LANG ANHALTENDEM KAUEN BEANTWORTEN KANN.

Arno Sölter

## 8. Februar

DIE HAARE, DIE MAN IN DER SUPPE FINDET, STAMMEN MEIST VON DEN EIGENEN ZÄHNEN.

Hellmut Walters

# 9. Februar

WER ETWAS KANN,
DER TUT ES.
WER ES NICHT KANN,
DER LEHRT ES.

George Bernard Shaw

# 10. Februar

AUS EIGENER ERFAHRUNG WEISS ICH, DASS MAN IM KONZERTSAAL SELTEN BEI EINEM FORTISSIMO HUSTET. UNWIDERSTEHLICH WIRD DER HUSTENREIZ ERST BEIM PIANISSIMO.

Jens Larsen

# 11. Februar

AUCH DIE SCHWÄCHSTE FRAU
IST NOCH STARK GENUG,
UM MEHRERE MÄNNER
AUF DEN ARM ZU
NEHMEN.

Trude Hesterberg

# 12. Februar

DER TRICK IST EINE VERHALTENSWEISE, DIE NUR DANN ERLAUBT IST, WENN SIE GELINGT.

Arno Sölter

# 13. Februar

> DIE FRAUEN SPENDEN UNS DEN TROST, DEN WIR OHNE IHR ZUTUN GAR NICHT NÖTIG HÄTTEN.

Don Herold

# 14. Februar

## WAS WÄREN DIE MENSCHEN OHNE FRAUEN?
## RAR, SEHR RAR!

Mark Twain

# 15. Februar

ES STIMMT NICHT, DASS ALLES TEURER WIRD; VERSUCHEN SIE MAL, ETWAS ZU VERKAUFEN.

Robert Lembke

# 16. Februar

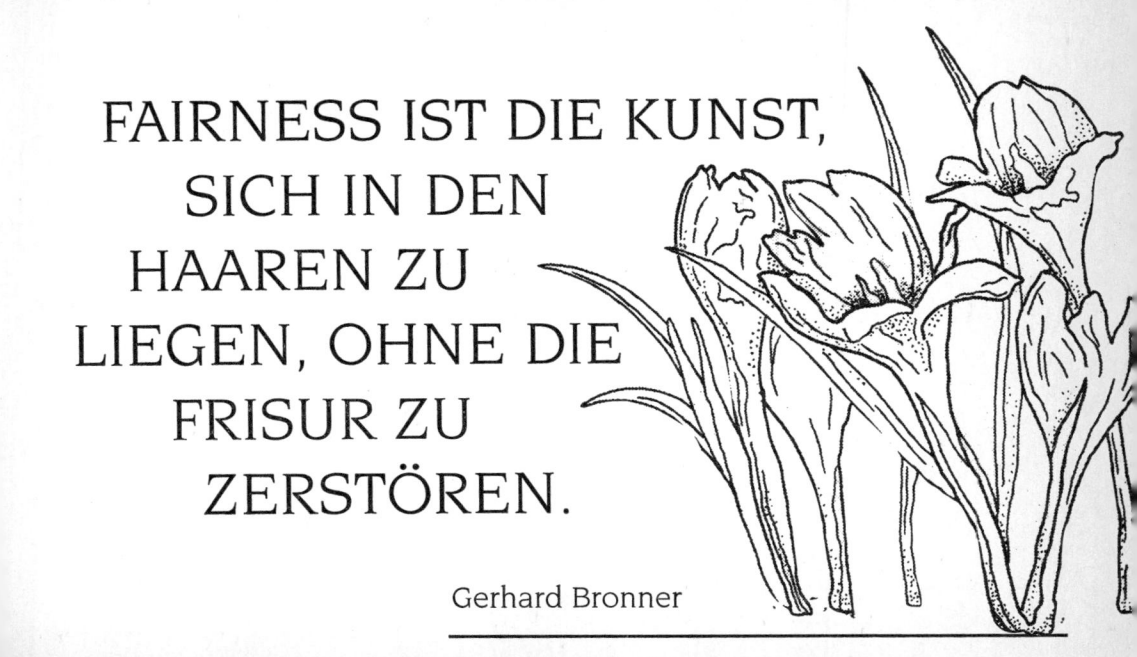

FAIRNESS IST DIE KUNST, SICH IN DEN HAAREN ZU LIEGEN, OHNE DIE FRISUR ZU ZERSTÖREN.

Gerhard Bronner

# 17. Februar

WENN ALLE STRICKE REISSEN, BLEIBT UNS DER GALGENHUMOR.

Hans-Horst Skupy

## 18. Februar

FÜR DEN ECHTEN SNOB GIBT ES KAUM ETWAS INTERESSANTERES ALS STRIPTEASE IM RUNDFUNK.

Peter Sellers

# 19. Februar

IST ES ETWA KEINE IRONIE, DASS NUR DAS GEHIRN DES MENSCHEN SCHMERZUN-EMPFINDLICH IST?

Rainer Malkowski

# 20. Februar

UM EINE STEUER-
ERKLÄRUNG ABGEBEN
ZU KÖNNEN, MUSS MAN
PHILOSOPH SEIN;
ES IST ZU SCHWIERIG FÜR
EINEN MATHEMATIKER.

Albert Einstein

# 21. Februar

DAS LACHEN IST DER GEIGER-ZÄHLER DES HUMORS.

Arthur Koestler

## 22. Februar

DAS LEBEN IST NIE GERECHT,
UND FÜR DIE MEISTEN
VON UNS IST DAS
AUCH GUT SO.

Oscar Wilde

# 23. Februar

ES GIBT HÄHNE,
DIE GLAUBEN,
DIE SONNE SEI
AUFGEGANGEN,
WEIL SIE GEKRÄHT
HABEN.

Robert Lembke

## 24. Februar

IN DEN OPERN MÜSSTE
MEHR GEKÜSST
WERDEN.
DAS WÜRDE DIE LEUTE
AM SINGEN HINDERN.

Peter Sellers

# 25. Februar

MAN SOLLTE KEIN
LANGES GESICHT
MACHEN,
SCHON WEIL MAN
DANN MEHR ZU
RASIEREN HAT.

Fernandel

# 26. Februar

MAN MUSS SICH SCHON
GEHÖRIG KRANK
LACHEN,
UM EINIGERMASSEN
GESUND
ZU BLEIBEN.

Hellmut Walters

*27. Februar*

EINEN KOPF DARF MAN NICHT AUF DIE LEICHTE SCHULTER NEHMEN.

Ulli Harth

# 28. Februar

DIE SCHWIERIGKEIT,
EIN GUTER VERLIERER
ZU SEIN, BESTEHT VOR
ALLEM DARIN, DASS
MAN NICHT GEWINNEN
DARF.

Robert Lembke

# 1. März

KEGELN IST DIE KUNST,
EINEN UMSTURZ ZU MACHEN,
INDEM MAN EINE
RUHIGE
KUGEL
SCHIEBT.

Jürgen von Manger

## 2. März

ES GIBT NUR EINEN WEG, SCHLANK ZU BLEIBEN: ESSEN SIE SO VIEL SIE WOLLEN VON ALLEM, WAS SIE NICHT MÖGEN!

Alec Guiness

# 3. März

GEWOHNHEIT BESTEHT DARIN, DASS MAN EINEN BESTIMMTEN PLATZ FÜR JEDE SACHE HAT UND SIE NIEMALS DORT AUFBEWAHRT.

Mark Twain

# 4. März

DIE REDEFREIHEIT SCHÄTZT MAN
DANN GANZ BESONDERS,
WENN MAN SICH EINMAL MIT
DEM HAMMER AUF DEN
DAUMEN GEKLOPFT
HAT.

Georg Thomalla

## 5. März

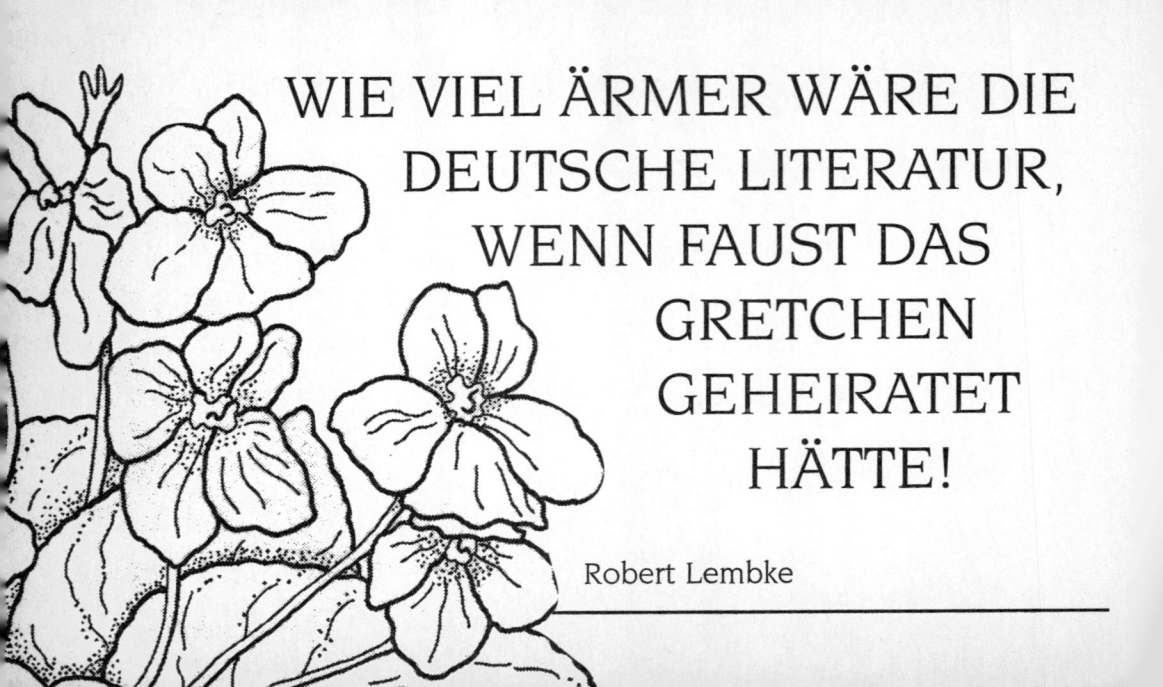

WIE VIEL ÄRMER WÄRE DIE DEUTSCHE LITERATUR, WENN FAUST DAS GRETCHEN GEHEIRATET HÄTTE!

Robert Lembke

# 6. März

OFT MÖCHTE ICH
DENKEN
KÖNNEN,
WAS ICH SAGE.

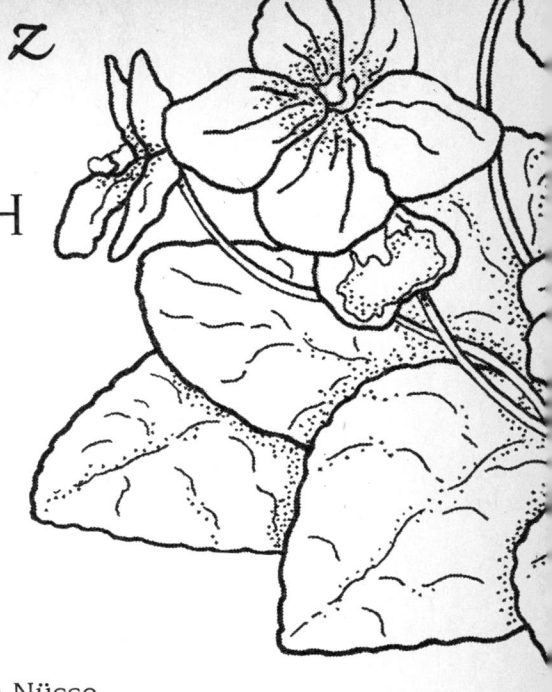

Heinrich Nüsse

## 7. März

WIE BRINGT MAN GOTT ZUM LACHEN?
ERZÄHL' IHM VON DEINEN PLÄNEN!

Jüdisches Sprichwort

# 8. März

GEGEN LIEBES-
TOLLHEIT HILFT
VOR ALLEM
EINES:
RHEUMA.

Louis de Funès

## 9. März

KAMELE HALTEN
ANDERE TIERE
FÜR
VERWACHSEN,
WEIL SIE KEINEN
BUCKEL HABEN.

Wolfram Weidner

# 10. März

ES GIBT LEUTE,
DIE UNS AN
STELLEN
KRATZEN,
WO ES SIE
JUCKT.

Robert Lembke

## 11. März

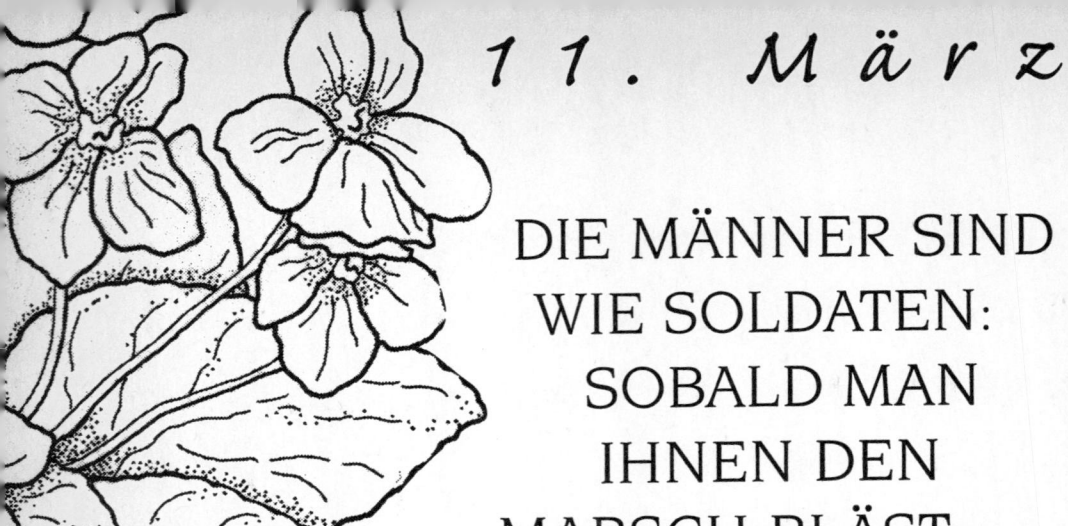

DIE MÄNNER SIND
WIE SOLDATEN:
SOBALD MAN
IHNEN DEN
MARSCH BLÄST,
RÜCKEN SIE AUS.

Trude Hesterberg

## 12. März

AUSGERECHNET DIE
MENSCHEN,
DIE DAUERND IHRE
BRILLE SUCHEN,
HABEN AUCH NOCH
SCHLECHTE AUGEN.

Werner Mitsch

## 13. März

LACHE, DANN WIRD DIE WELT
MIT DIR LACHEN.
SCHNARCHE,
UND DU WIRST ALLEIN
SCHLAFEN.

Anthony Burgess

# 14. März

DER EINZIGE MANN,
DER WIRKLICH NICHT OHNE
FRAUEN LEBEN KANN,
IST DER FRAUENARZT.

Arthur Schopenhauer

# 15. März

EIN HUHN IST DIE METHODE
EINES EIS, EIN NEUES EI
ZU ERZEUGEN.

Samuel Butler

*16. März*

ERZIEHUNG IST DIE
ORGANISIERTE VERTEIDIGUNG
DER ERWACHSENEN
GEGEN DIE
JUGEND.

Mark Twain

# 17. März

ARBEIT IST EINE SO FASZINIERENDE SACHE, DASS ICH STUNDENLANG DABEI ZUSEHEN KÖNNTE.

Jerome K. Jerome

# 18. März

ALLE WOLLEN NUR
UNSER BESTES.
LASST ES EUCH
NICHT NEHMEN!

Stanislaw Jerzy Lec

# 19. März

HEIRAT IST DIE EINZIGE LEBENS-
LÄNGLICHE VERURTEILUNG,
BEI DER MAN AUFGRUND
SCHLECHTER FÜHRUNG
BEGNADIGT WERDEN
KANN.

Alfred Hitchcock

## 20. März

LÄCHELN IST DIE
ELEGANTESTE ART,
DEM GEGNER DIE ZÄHNE
ZU ZEIGEN.

Werner Finck

## 21. März

„DIE LUFT IST VORZÜG-
LICH HIER." – „SAGEN SIE
DAS NUR NICHT LAUT,
SONST LEGT DIE
REGIERUNG SOFORT EINE
STEUER DARAUF."

Jonathan Swift

## 22. März

ICH BRAUCHE DEN LUXUS.
AUF DAS NOTWENDIGE KANN
ICH GERN VERZICHTEN.

Oscar Wilde

## 23. März

MITLEID BEKOMMT
MAN GESCHENKT,
NEID MUSS MAN SICH
HART ERARBEITEN.

Robert Lembke

## 24. März

DAS INTERNET IST VOLLER ANTWORTEN AUF NIE GESTELLTE FRAGEN.

Norbert Scheider

## 25. März

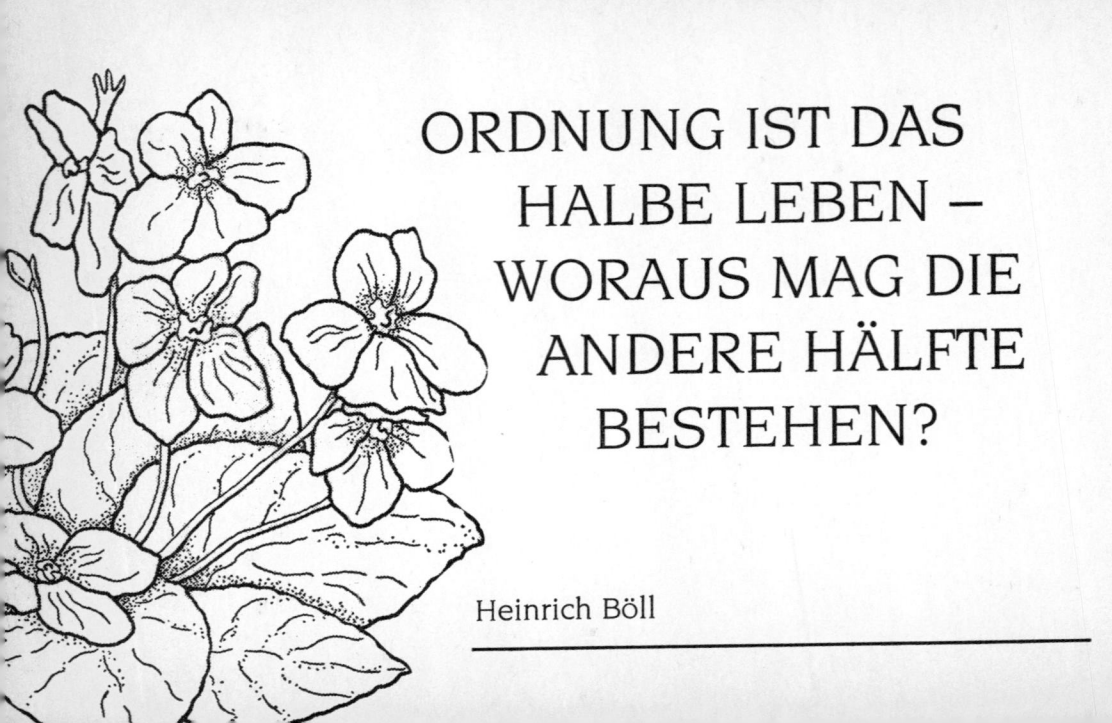

ORDNUNG IST DAS
HALBE LEBEN –
WORAUS MAG DIE
ANDERE HÄLFTE
BESTEHEN?

Heinrich Böll

# 26. März

MIT DEM PATHOS, MIT DEM HEUTE ZAHN-BÜRSTEN ANGEPRIESEN WERDEN, WURDEN FRÜHER REPUBLIKEN AUSGERUFEN.

Klaus-Peter Herztsch

## 27. März

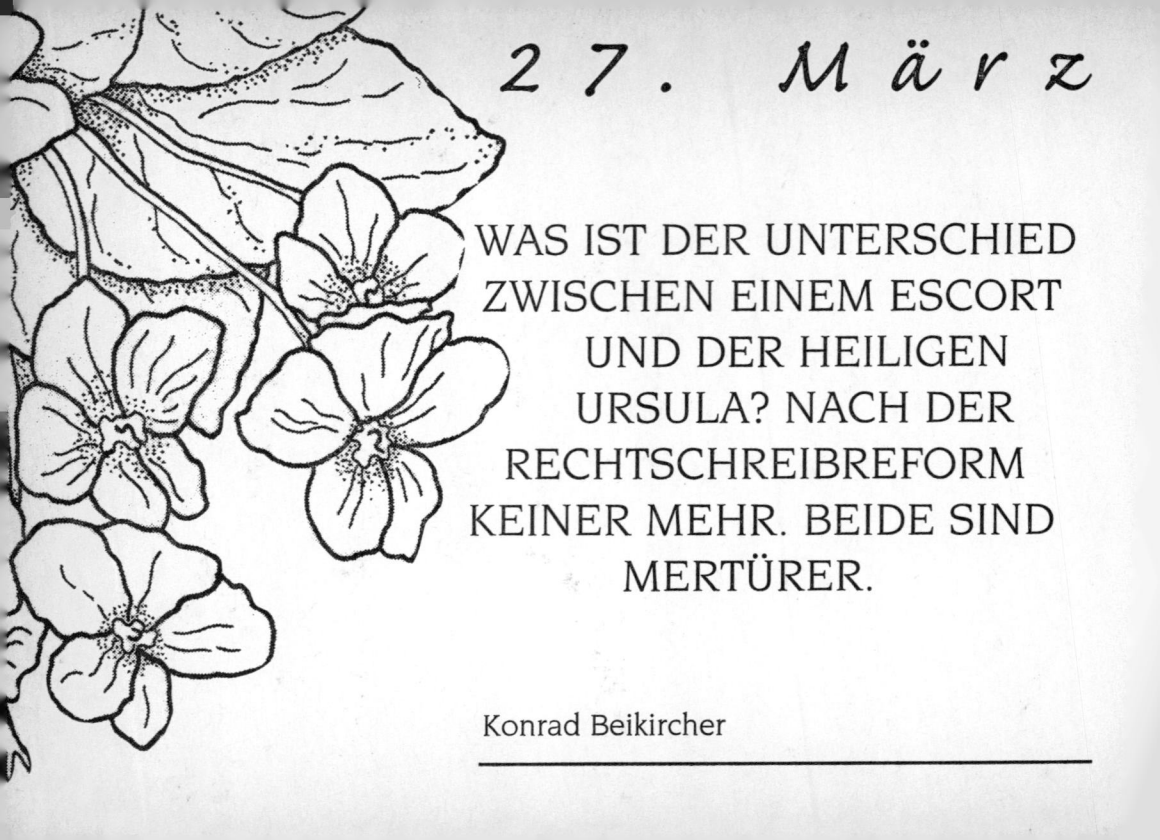

WAS IST DER UNTERSCHIED ZWISCHEN EINEM ESCORT UND DER HEILIGEN URSULA? NACH DER RECHTSCHREIBREFORM KEINER MEHR. BEIDE SIND MERTÜRER.

Konrad Beikircher

## 28. März

EINE GUTE REDE HAT EINEN GUTEN ANFANG UND EINEN GUTEN SCHLUSS – UND BEIDE SOLLTEN MÖGLICHST DICHT BEIEINANDER LIEGEN.

Mark Twain

## 29. März

ES IST EINFACHER,
EINE NATION ZU REGIEREN
ALS VIER KINDER
ZU ERZIEHEN.

Winston Churchill

# 30. März

DIE KLUGHEIT DES
FUCHSES WIRD OFT
ÜBERSCHÄTZT, WEIL MAN
IHM AUCH NOCH DIE
DUMMHEIT DER HÜHNER ALS
EIGENES VERDIENST
ANRECHNET.

Hans Kasper

# 31. März

DERJENIGE, DER SAGT:
„ES GEHT NICHT",
SOLL DEN NICHT
STÖREN,
DER ES GERADE TUT.

Arthur Bloch, „Murphys Gesetz"

# 1. April

ES GIBT EIN MITTEL,
EIN EINZIGES,
IM SCHACHSPIEL
UNBESIEGT ZU
BLEIBEN.
SPIELE NICHT SCHACH.

Kurt Tucholsky

## 2. April

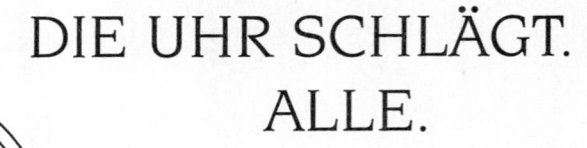

DIE UHR SCHLÄGT.
ALLE.

Stanislaw Jerzy Lec

# 3. April

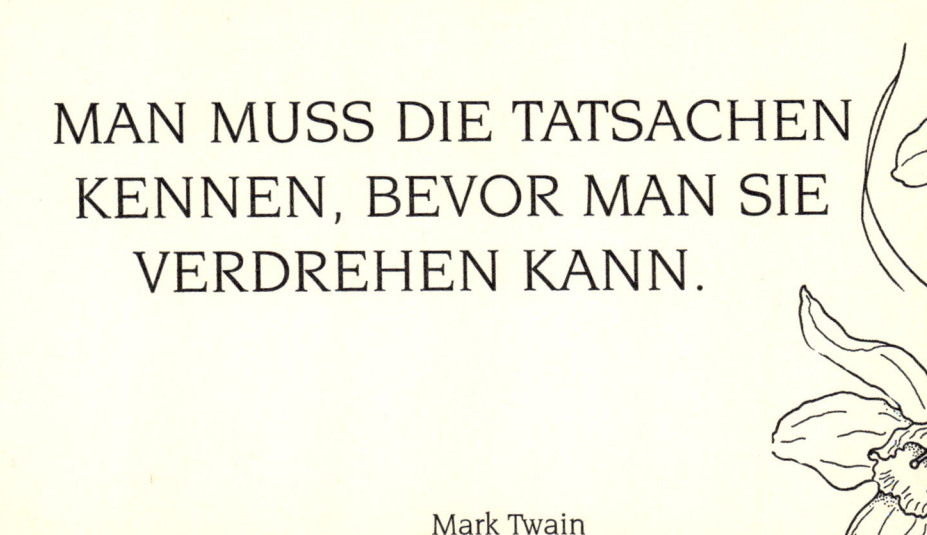

MAN MUSS DIE TATSACHEN KENNEN, BEVOR MAN SIE VERDREHEN KANN.

Mark Twain

## 4. April

POLITIKER MÜSSEN VORAUSSEHEN KÖNNEN, WAS MORGEN GESCHEHEN WIRD, IM NÄCHSTEN MONAT UND IM NÄCHSTEN JAHR. UND DANN MÜSSEN SIE DIE GABE HABEN, ÜBERZEUGEND ERKLÄREN ZU KÖNNEN, WARUM ES NICHT GESCHEHEN IST.

Winston Churchill

## 5. April

EIN THEORETIKER
IST
EIN MENSCH,
DER PRAKTISCH
NUR DENKT.

Postkartenspruch

# 6. April

JE ÖFTER ICH TRAUER-
REDEN AUF VERSTOR-
BENE LESE ODER HÖRE,
DESTO STÄRKER WIRD
DER WUNSCH, AM LEBEN
ZU BLEIBEN.

Johannes Gross

# 7. April

KEGELCLUBS SIND DIE EINZIGEN LEGALEN VEREINIGUNGEN MIT REIN UMSTÜRZ-LERISCHEN ZIELEN.

Dieter Thoma

## 8. April

VIELE TRAGEN
VERANTWORTUNG.
MAN WEISS NUR
NICHT IMMER,
WOHIN.

Dieter Thoma

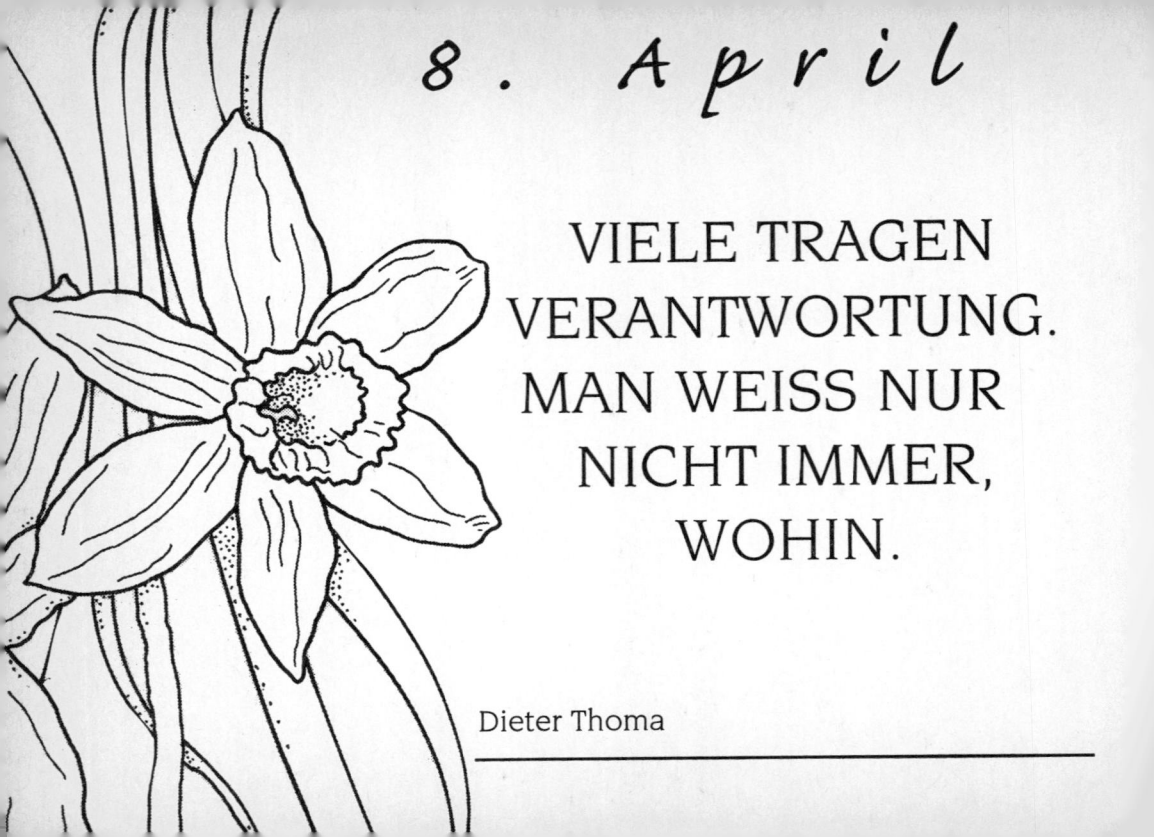

# 9. April

EIN VEREIN IST EINE VEREINIGUNG VON PERSONEN, DIE ENTWEDER GEMEINSAM KRACH MACHEN ODER MITEINANDER KRACH HABEN.

Gerhard Uhlenbruch

# 10. April

FRAUEN VERKAUFT
MAN KEINE SCHUHE,
FRAUEN VER-
KAUFT MAN
SCHÖNE
FÜSSE.

Ernst Dichter

# 11. April

GOTT HAT DEN MENSCHEN GESCHAFFEN,
WEIL ER VOM AFFEN
ENTTÄUSCHT WAR.
DANACH HAT ER AUF
WEITERE
EXPERIMENTE
VERZICHTET.

Mark Twain

## 12. April

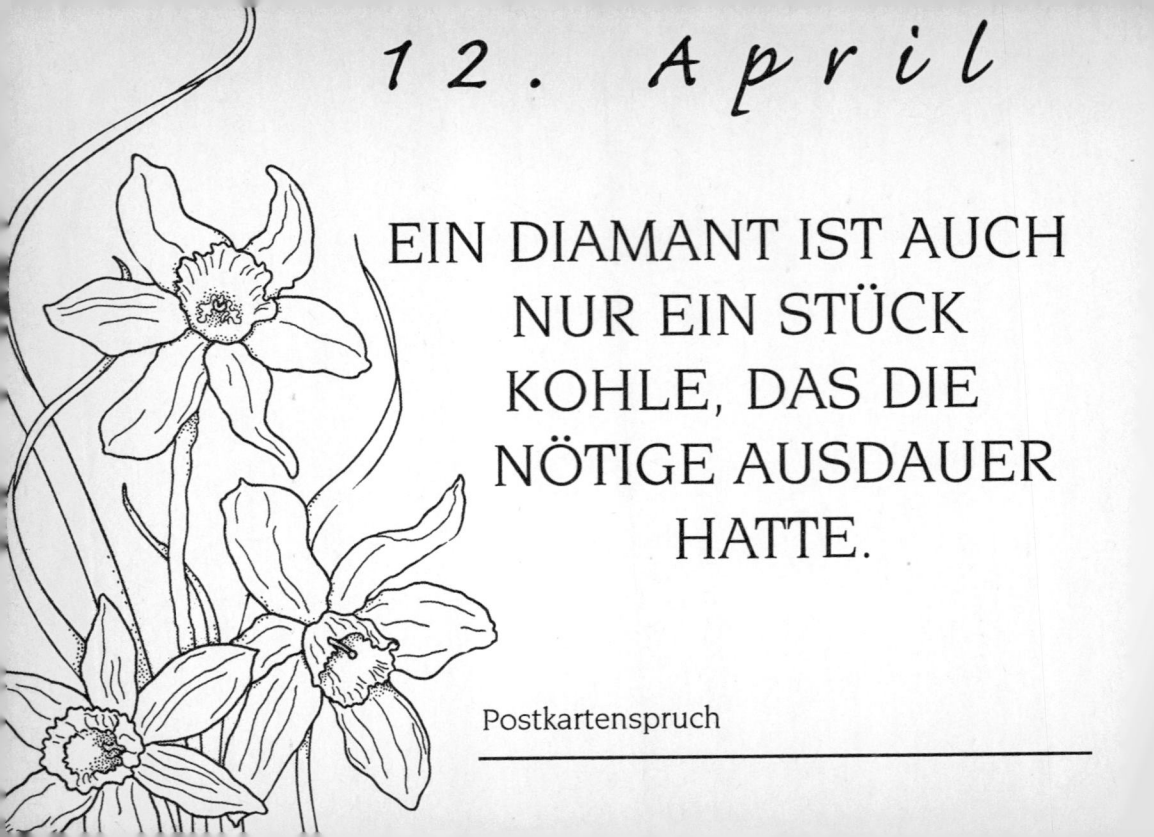

EIN DIAMANT IST AUCH NUR EIN STÜCK KOHLE, DAS DIE NÖTIGE AUSDAUER HATTE.

Postkartenspruch

*13. April*

DARIN BESTEHT JA DIE TEUFELEI
WEIBLICHER REIZE,
DASS SIE EINEN ZWINGEN,
SEIN EIGENES VERDERBEN
HERBEIZUSEHNEN.

George Bernard Shaw

*14. April*

MONTAGS FÜHLEN SICH VIELE LEUTE WIE ROBINSON: SIE WARTEN AUF FREITAG.

Postkartenspruch

## 15. April

DIE JUGEND WÄRE EINE NOCH VIEL SCHÖNERE ZEIT, WENN SIE ERST SPÄTER IM LEBEN KÄME.

Charlie Chaplin

# 16. April

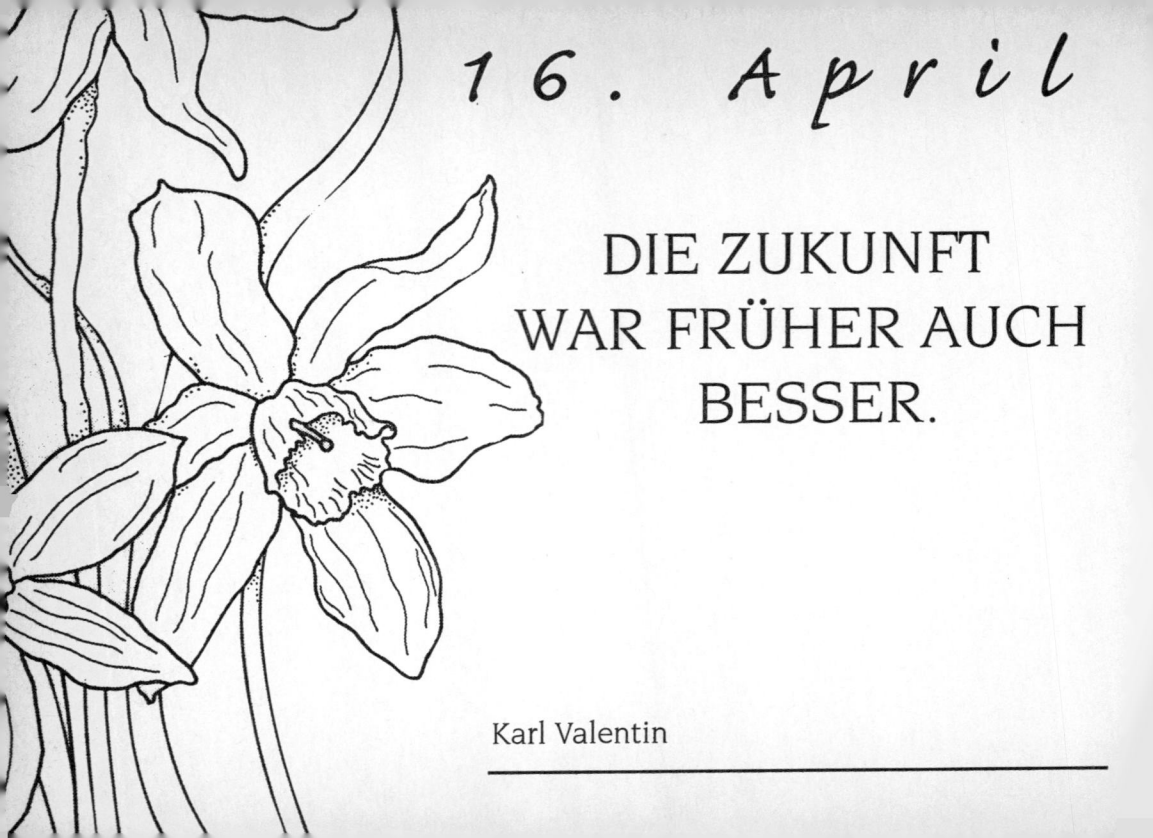

## DIE ZUKUNFT WAR FRÜHER AUCH BESSER.

Karl Valentin

# 17. April

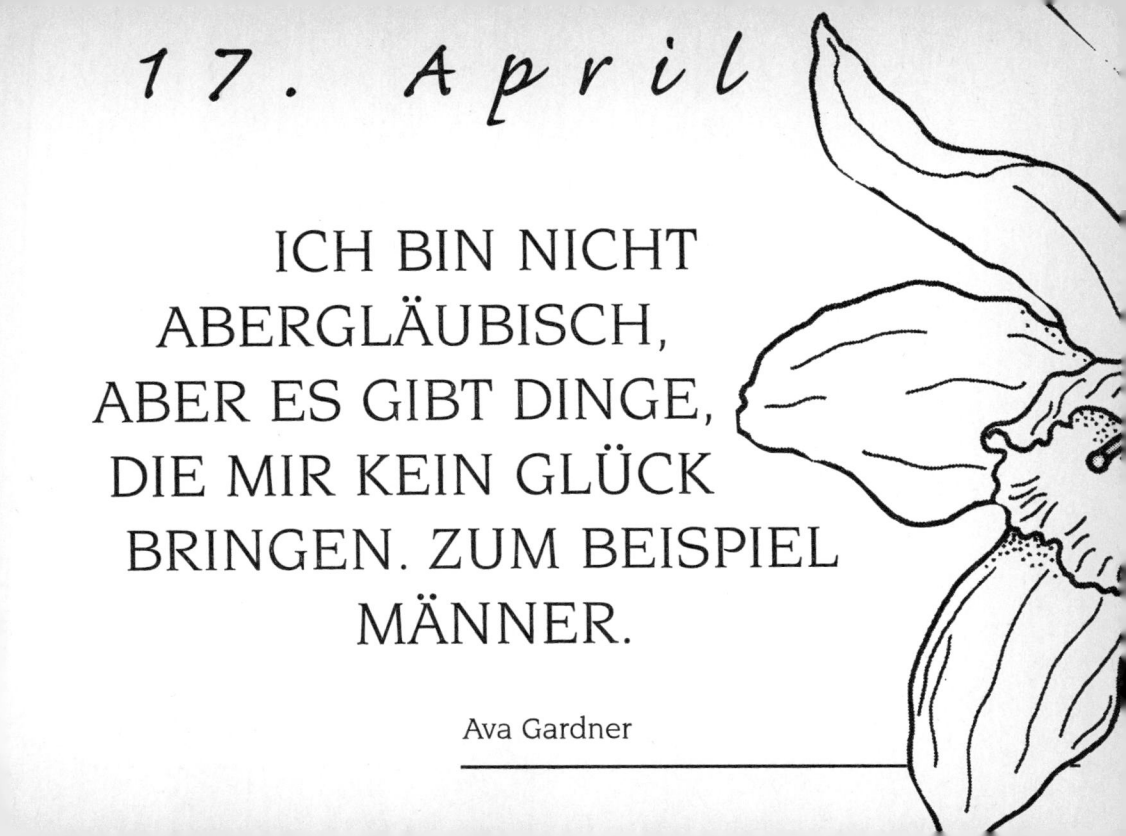

ICH BIN NICHT ABERGLÄUBISCH, ABER ES GIBT DINGE, DIE MIR KEIN GLÜCK BRINGEN. ZUM BEISPIEL MÄNNER.

Ava Gardner

## 18. April

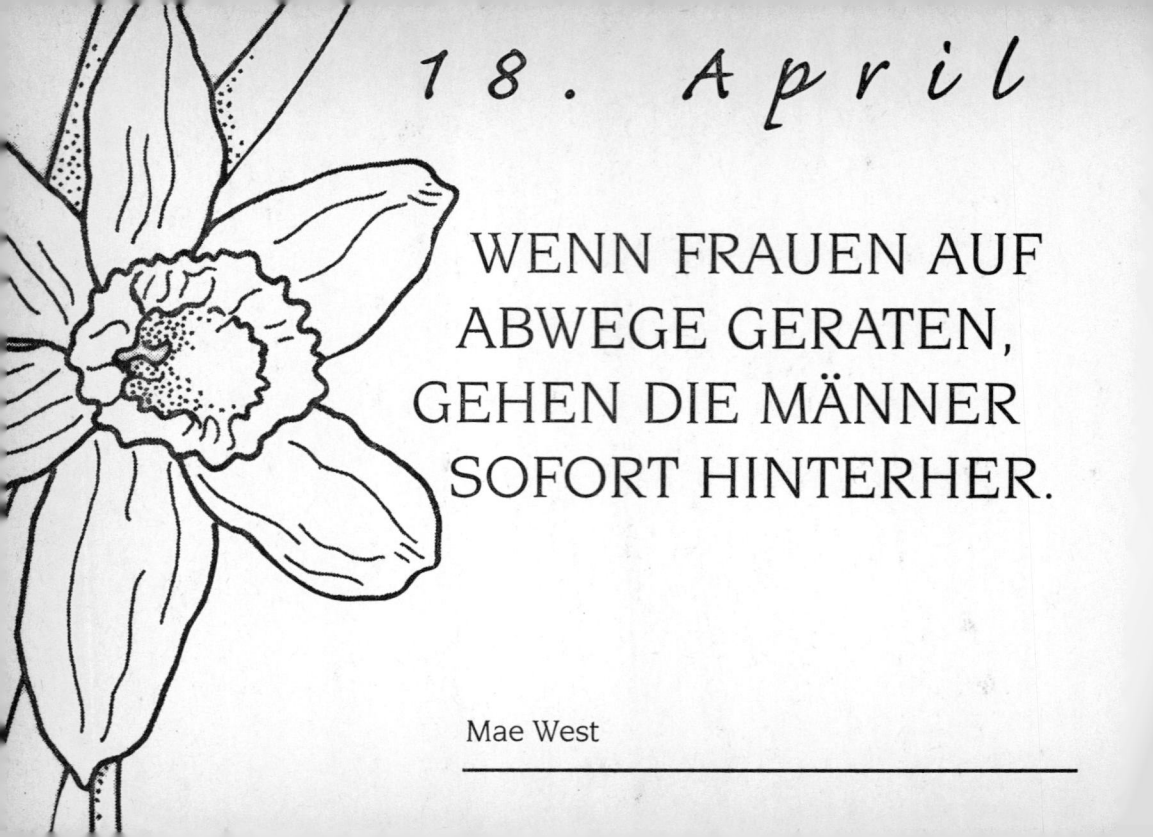

WENN FRAUEN AUF
ABWEGE GERATEN,
GEHEN DIE MÄNNER
SOFORT HINTERHER.

Mae West

# 19. April

ICH ERINNERE MICH AN MEINE SAFARI IN AFRIKA: JEMAND HATTE DEN KORKENZIEHER VERGESSEN, UND WIR MUSSTEN MEHRERE TAGE VON ESSEN UND WASSER LEBEN.

W. C. Fields

## 20. April

WAS HEISST SCHON FÜR
UNS FRAUEN,
MIT ANSTAND ALT ZU
WERDEN? LIEBER
UNANSTÄNDIG JUNG
BLEIBEN!

Olga Tschechowa

## 21. April

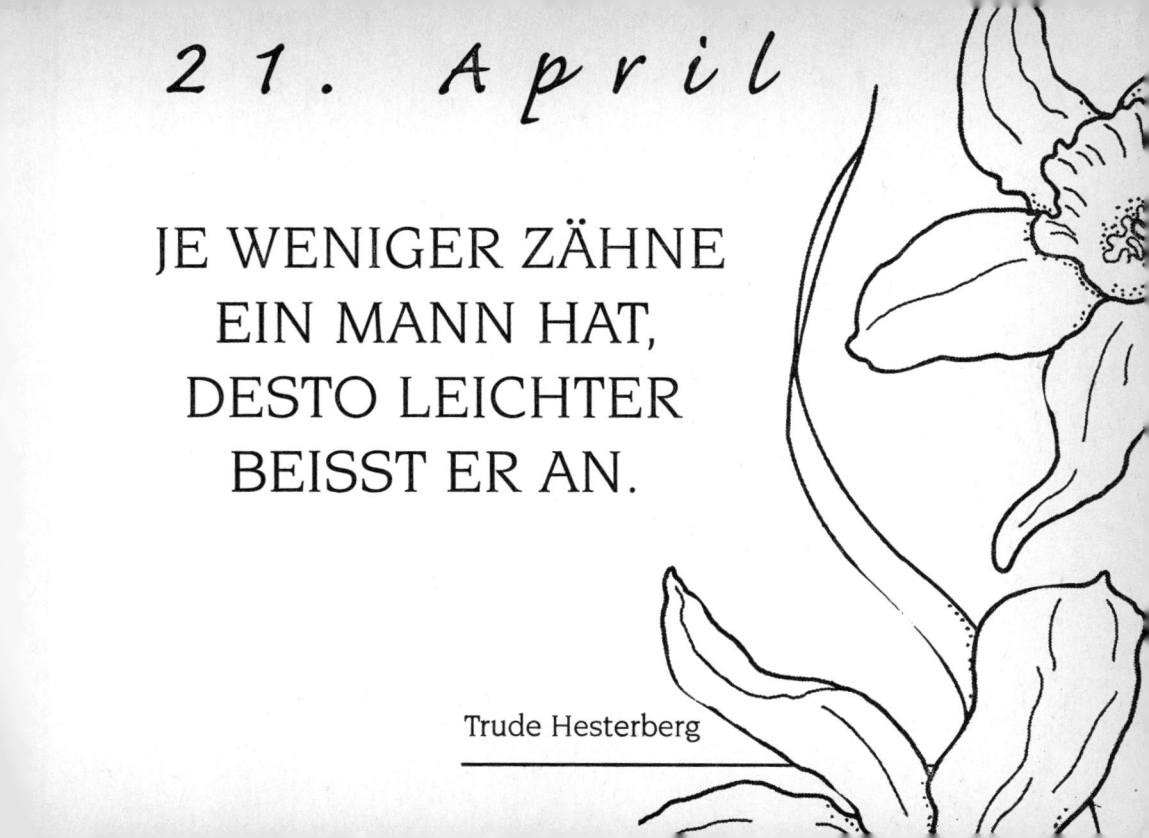

JE WENIGER ZÄHNE
EIN MANN HAT,
DESTO LEICHTER
BEISST ER AN.

Trude Hesterberg

## 22. April

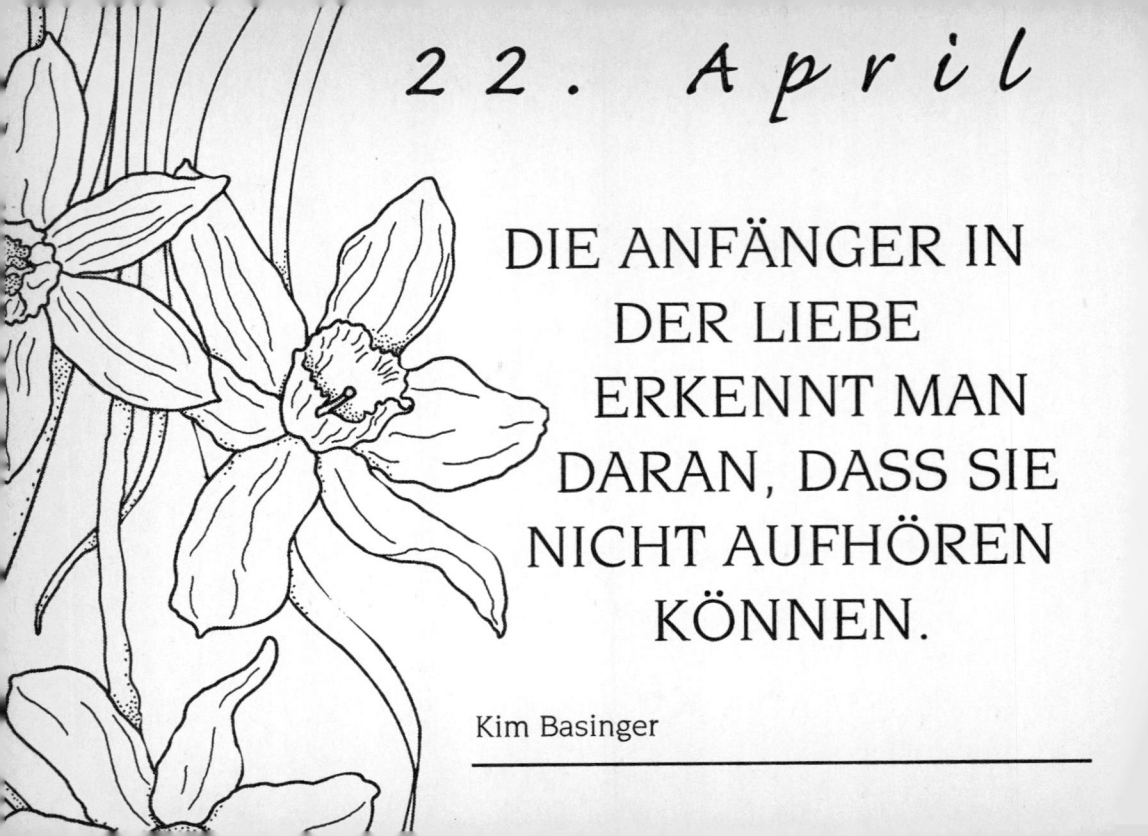

DIE ANFÄNGER IN
DER LIEBE
ERKENNT MAN
DARAN, DASS SIE
NICHT AUFHÖREN
KÖNNEN.

Kim Basinger

*23. April*

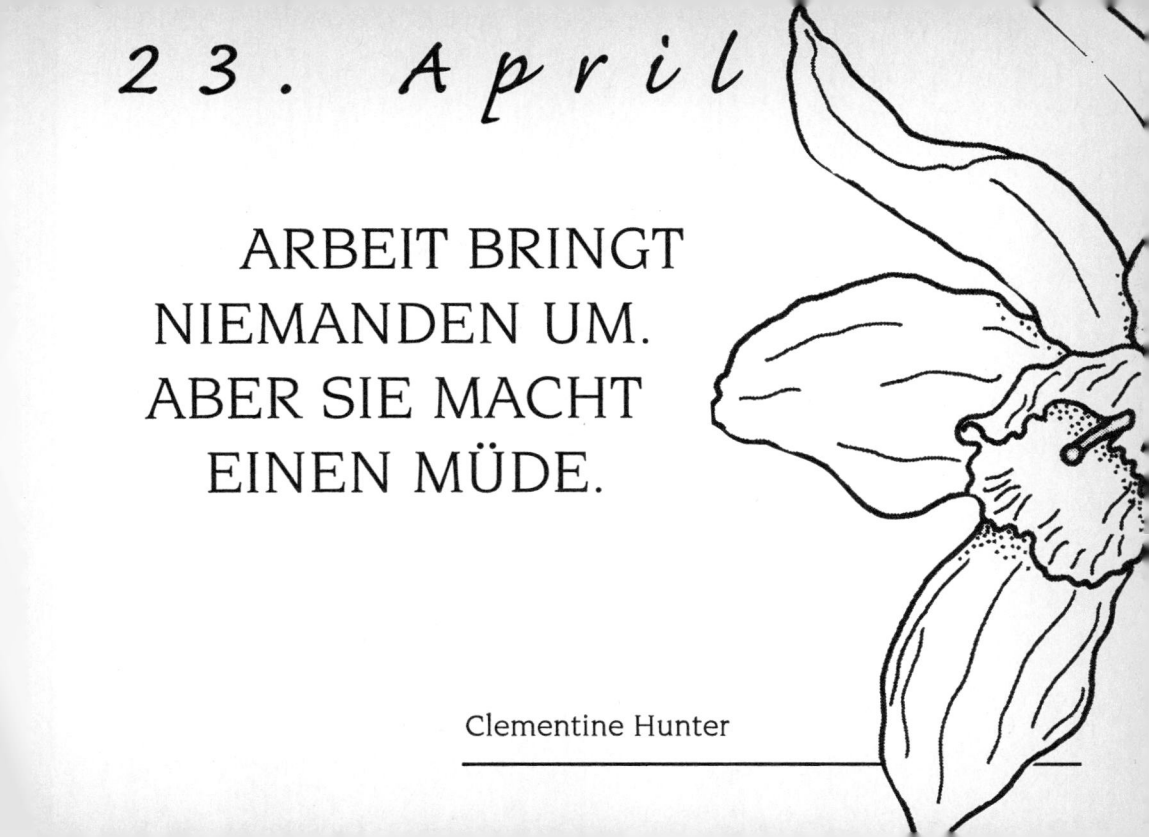

ARBEIT BRINGT
NIEMANDEN UM.
ABER SIE MACHT
EINEN MÜDE.

Clementine Hunter

## 24. April

WARUM HEBEN DIE LEUTE DAS ALLES AUF? SIE HEBEN ES GAR NICHT AUF. SIE KÖNNEN NUR NICHT ÜBERS HERZ BRINGEN, ES WEGZUWERFEN.

Kurt Tucholsky

## 25. April

WENN ES DARAUF ANKOMMT, IN DEN AUGEN EINER FRAU ZU LESEN, SIND DIE MEISTEN MÄNNER ANALPHABETEN.

Heidelinde Weis

# 26. April

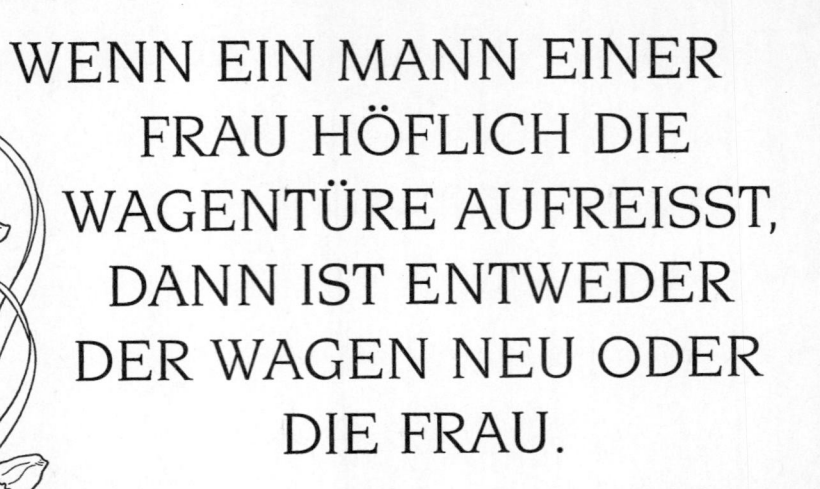

WENN EIN MANN EINER FRAU HÖFLICH DIE WAGENTÜRE AUFREISST, DANN IST ENTWEDER DER WAGEN NEU ODER DIE FRAU.

Uschi Glas

*27. April*

DIE BAYERN SIND DIE
LETZTEN FUSS-
KRANKEN ITALIENER,
DIE NICHT ÜBER DIE
ALPEN GEKOMMEN
SIND.

Hans Jürgen Diedrich

*28. April*

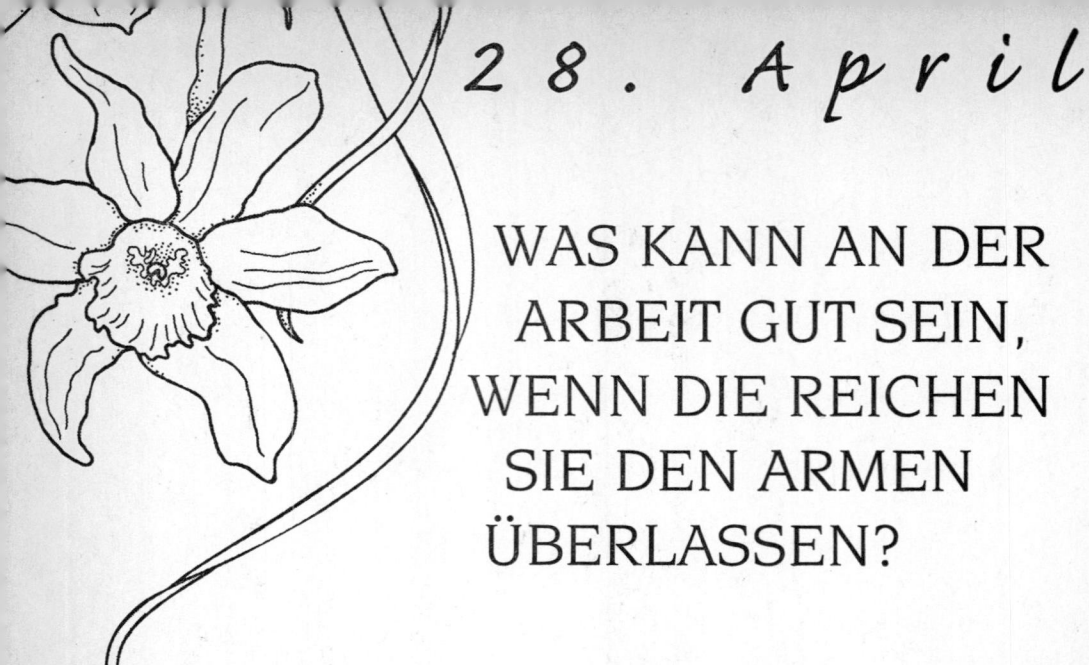

WAS KANN AN DER ARBEIT GUT SEIN, WENN DIE REICHEN SIE DEN ARMEN ÜBERLASSEN?

Postkartenspruch

## 29. April

ES GIBT EINE EINZIGE ZEIT, IN DER ES FRAUEN WIRKLICH GELINGT, EINEN MANN ZU ÄNDERN:
WENN ER EIN BABY IST.

Natalie Wood

# 30. April

DER MANN, DEM VERWEHRT IST, WICHTIGE ENTSCHEIDUNGEN ZU TREFFEN, BEGINNT DIE ENTSCHEIDUNGEN ALS WICHTIG ANZUSEHEN, DIE ER ÜBERHAUPT TREFFEN DARF.

Cyril Northcote Parkinson

# 1. Mai

WENN MAN SCHÖNE BEINE BEHALTEN WILL, MUSS MAN SIE VON DEN BLICKEN DER MÄNNER MASSIEREN LASSEN.

Marlene Dietrich

## 2. Mai

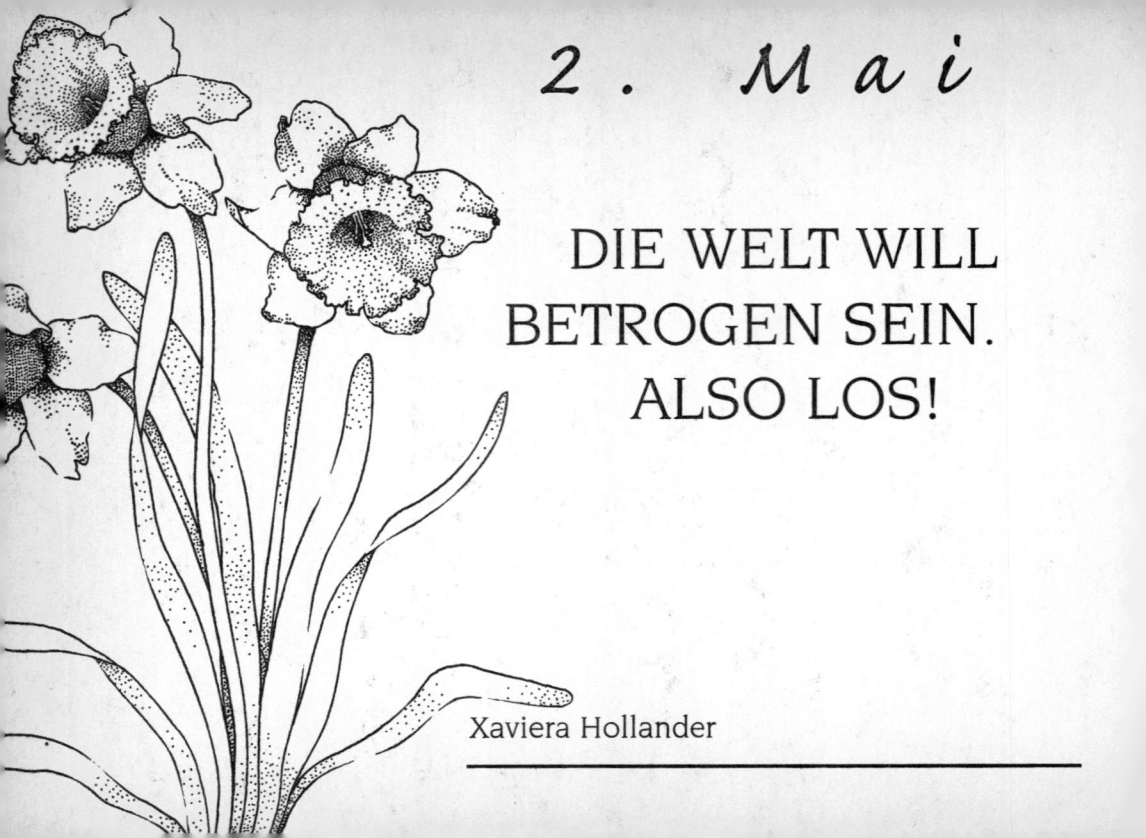

DIE WELT WILL BETROGEN SEIN. ALSO LOS!

Xaviera Hollander

## 3. Mai

ES IST EIN GROSSER
UNTERSCHIED,
OB EINER
EINER ARBEIT NACH-
GEHT ODER NACHLÄUFT.

Ernst Dittrich

# 4. Mai

DER MANN AM STEUER
IST EIN PFAU,
DER SEIN RAD
IN DER HAND HÄLT.

Ann Magnani

## 5. Mai

HÄTTE EIN BÜROKRAT DIE WELT ERSCHAFFEN, WIR WÄREN NOCH BEI DER SINTFLUT.

Jerzy Jurandot

## 6. Mai

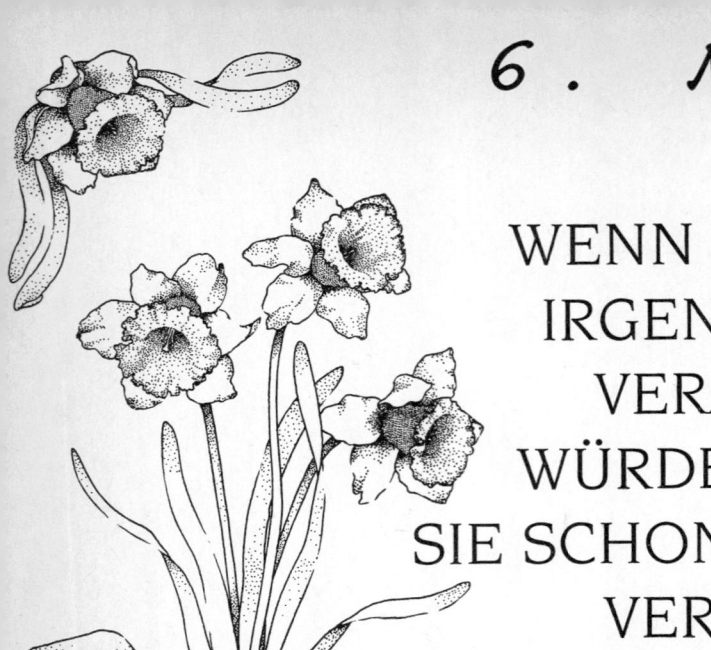

WENN WAHLEN
IRGEND ETWAS
VERÄNDERN
WÜRDEN, WÄREN
SIE SCHON LÄNGST
VERBOTEN.

Volksweisheit

# 7. Mai

ZUM DENKEN BENÖTIGT MAN
EIN HIRN, VOM MENSCHEN
GANZ ZU SCHWEIGEN.

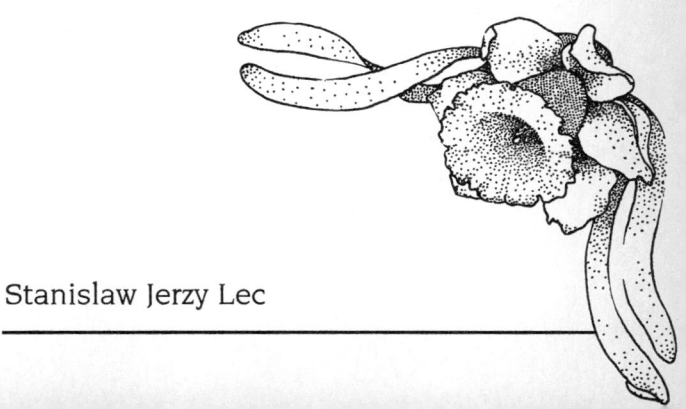

Stanislaw Jerzy Lec

*8. Mai*

DAS GUTE
AN EGOISTEN IST,
DASS SIE NICHT ÜBER
ANDERE LEUTE REDEN.

Lucille S. Harper

## 9. Mai

WENN ARBEIT ADELT,
DANN BLEIBE ICH
LIEBER
BÜRGERLICH.

Paul Flora

## 10. Mai

VIELE, VON DENEN
MAN GLAUBT,
SIE SEIEN
GESTORBEN,
SIND BLOSS
VERHEIRATET.

Francoise Sagan

*11. Mai*

FRAUEN, DIE SO
GUT SEIN WOLLEN
WIE MÄNNER,
HABEN
EINFACH
KEINEN EHRGEIZ.

Postkartenspruch

## 12. Mai

URSACHE EINES EISENBAHN-
ZUSAMMENSTOSSES:
DIE ZÜGE HATTEN IHRE
FAHRPLANMÄSSIGE
VERSPÄTUNG NICHT
EINGEHALTEN.

Anton Kuh

## 13. Mai

TIEFSTAND DER
ARBEITSMORAL:
WENN MAN NICHTS
TUT UND AUCH
DAZU NOCH KEINE
LUST HAT.

Gabriel Laub

*14. Mai*

DIE UNHEIMLICHSTE ALLER ERFINDUNGEN IST DER SPIEGEL. WOHER NEHMEN DIE MENSCHEN BLOSS DEN MUT, HINEINZUSCHAUEN?

Brendan Behan

## 15. Mai

FÜR ELTERN GEHT ES NICHT DARUM, WAS SIE TUN SOLLEN, SONDERN WAS SIE AUSHALTEN KÖNNEN.

Katharine Whitehorn

# 16. Mai

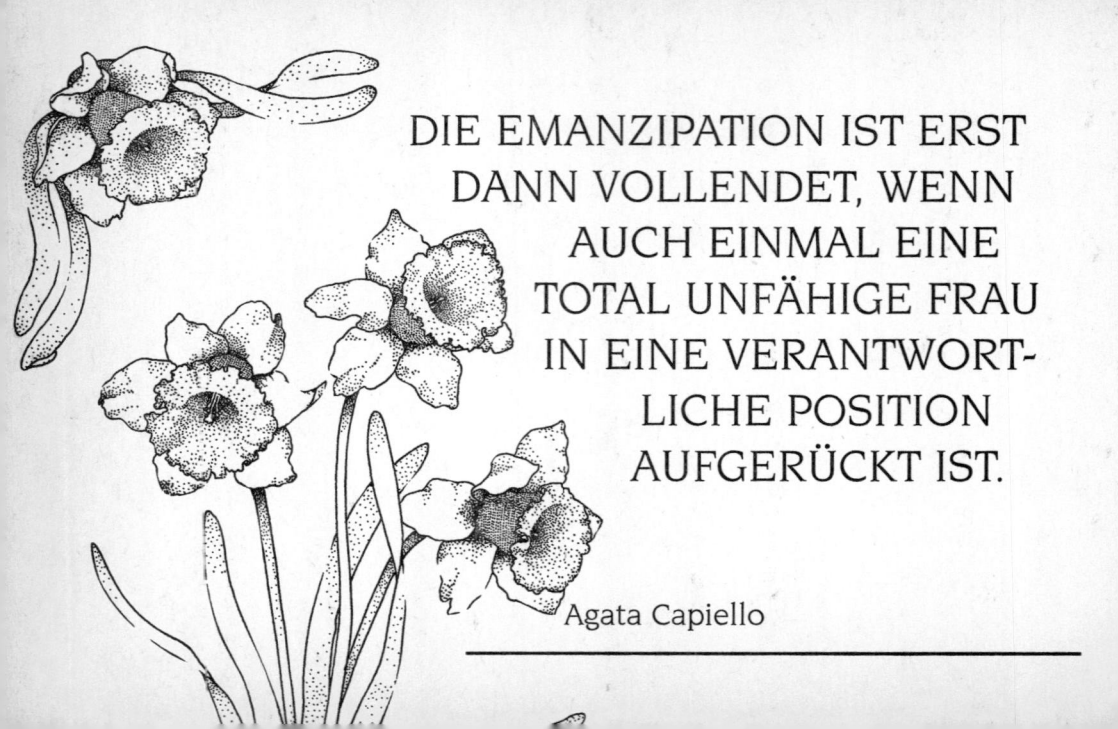

DIE EMANZIPATION IST ERST DANN VOLLENDET, WENN AUCH EINMAL EINE TOTAL UNFÄHIGE FRAU IN EINE VERANTWORTLICHE POSITION AUFGERÜCKT IST.

Agata Capiello

## 17. Mai

EHEMÄNNER LEBEN LÄNGER
ALS JUNGGESELLEN.
DAS IST IHRE STRAFE.

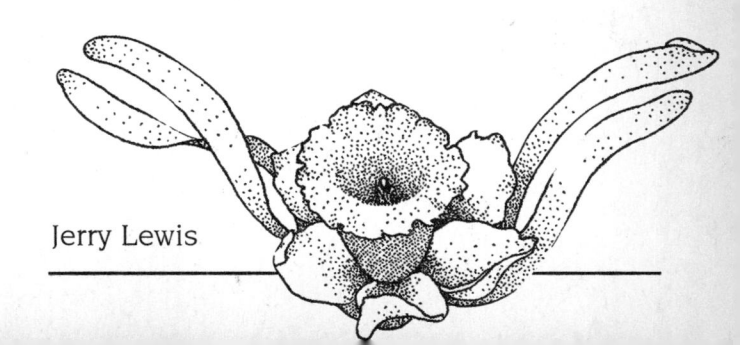

Jerry Lewis

## 18. Mai

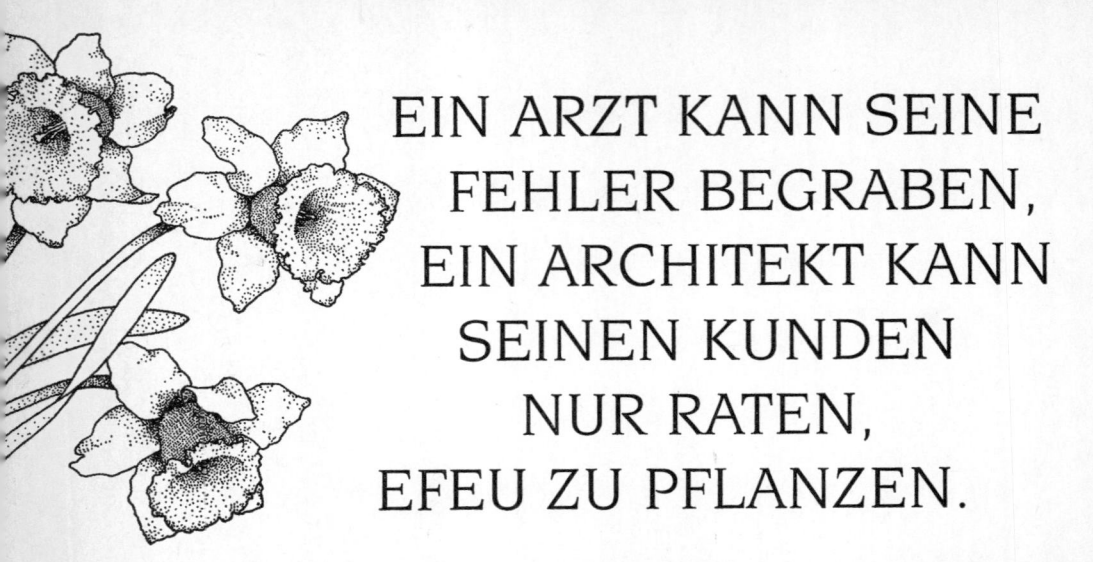

EIN ARZT KANN SEINE
FEHLER BEGRABEN,
EIN ARCHITEKT KANN
SEINEN KUNDEN
NUR RATEN,
EFEU ZU PFLANZEN.

Frank Lloyd Wright

## 19. Mai

JEDE FRAU IST IMSTANDE, AUS EINEM NICHTS EINEN HUT, EINEN SALAT ODER EINE SZENE ZU MACHEN.

Danny Kaye

## 20. Mai

DAS GRÖSSTE GEHEIMNIS DER ENGLÄNDER IST, WARUM SIE NICHT AUSWANDERN.

Ephraim Kishon

## 21. Mai

MANCHER MANN VERDANKT SEINEN ERFOLG EINER FRAU, DIE STÄNDIG AN SEINER SEITE STAND. NOCH MEHR MÄNNER VERDANKEN IHN JEDOCH EINER FRAU, DIE SIE STÄNDIG IN DIE SEITE GETRETEN HAT.

Harriet Bowles

## 22. Mai

IM GESPRÄCH MIT DEM CHEF
LERNEN DIE MÄNNER, DEN KOPF
EINZUZIEHEN. IM GESPRÄCH
MIT JUNGEN DAMEN
LERNEN SIE, DEN
BAUCH EINZUZIEHEN.

Elsie Attenhofer

## 23. Mai

ERWACHSEN-
WERDEN HEISST,
ALLEINE ZU
SCHLOTTERN.

Mireille Best

## 24. Mai

DAS BESTE AN DER ZUKUNFT IST VIELLEICHT DER UMSTAND, DASS IMMER NUR EIN TAG AUF EINMAL KOMMT.

Dean Acheson

## 25. Mai

ES GENÜGT SCHON LANGE NICHT MEHR, MIT DER ZEIT ZU GEHEN. MAN MUSS MIT IHR JOGGEN.

Bernhard Wicki

## 26. Mai

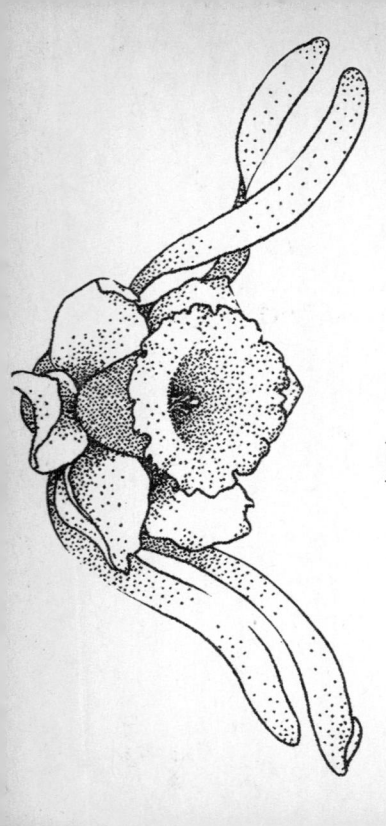

DIE ERSTE HÄLFTE UNSERES LEBENS RUINIEREN UNSERE ELTERN, DIE ZWEITE UNSERE KINDER.

Clarence Darrow

## 27. Mai

HINTER JEDEM
ERFOLGREICHEN
MANN STEHT EINE
ÜBERRASCHTE
FRAU.

Marian Pearson

## 28. Mai

DIE MÄNNER SIND WIE ZÄHNE:
ES DAUERT LANGE, BIS MAN SIE BEKOMMT.
UND WENN MAN SIE HAT,
TUN SIE EINEM WEH.
UND WENN SIE NICHT MEHR DA SIND,
HINTERLASSEN SIE EINE LÜCKE.

Francoise Rosay

## 29. Mai

DER ERFOLG HAT MICH
NICHT VERDORBEN.
ICH WAR SCHON IMMER
UNERTRÄGLICH.

Fran Lebowitz

## 30. Mai

ZUERST LERNT DER MENSCH
GEHEN UND SPRECHEN,
SPÄTER STILL-
SITZEN UND DEN
MUND HALTEN.

Marcel Pagnol

## 31. Mai

ESSEN UND TRINKEN SIND ZWEI TÄTIGKEITEN, DIE DEN MANN AUCH OHNE VIEL ARBEIT AUSFÜLLEN KÖNNEN.

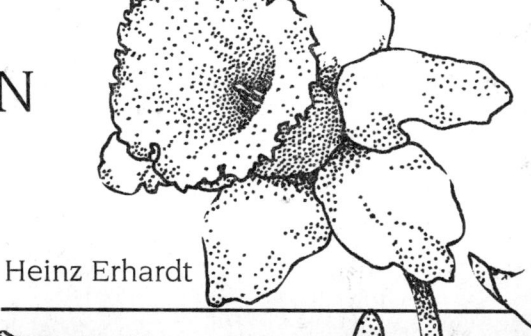

Heinz Erhardt

## 1. Juni

WAS MICH WUNDERT, IST, DASS DIE KÜKEN NICHT INS EI ZURÜCKSCHLÜPFEN, SOBALD SIE EINEN BLICK AUF UNSERE WELT GEWORFEN HABEN.

Norman Mailer

## 2. Juni

GOTT IST LEIDER NICHT GALANT. SONST HÄTTE ER UNS DIE FALTEN AN DIE FUSSSOHLEN GEMACHT UND NICHT INS GESICHT.

Ninon de Lenclos

# 3. Juni

ERZIEHUNG IST DER VERSUCH, KINDER DAVON ABZUHALTEN, DIE ERWACHSENEN NACHZUAHMEN.

Robert Lembke

## 4. Juni

DIE FAMILIE IST DIE GRUNDLAGE DES STAATES. MENSCHEN, DIE FAMILIENSORGEN HABEN, KÜMMERN SICH NÄMLICH NICHT UM POLITIK.

Gabriel Laub

## 5. Juni

FAULHEIT – DAS IST, WENN JEMAND MIT DEM COCKTAIL-SHAKER IN DER HAND AUF DAS NÄCHSTE ERDBEBEN WARTET.

Danny Kaye

## 6. Juni

ERHEBE NIE DIE HAND
GEGEN DEINE KINDER –
DEIN RUMPF IST DANN
UNGESCHÜTZT.

Robert Orben

# 7. Juni

MANCHE FRAUEN SIND NUR DESHALB NICHT FEUER UND FLAMME, WEIL SIE MIT EINEM FEUERLÖSCHER VERHEIRATET SIND.

Senta Berger

## 8. Juni

FRAUEN LASSEN EINEN MANN NUR DESHALB WARTEN, WEIL SIE DAMIT SEINE VORFREUDE VERGRÖSSERN WOLLEN.

Hannelore Elsner

# 9. Juni

MUSIK VERBINDET VÖLKER. VIOLIN-UNTERRICHT ENTZWEIT NACHBARN.

Hans-Horst Skupy

*10. Juni*

FLUCHE NICHT IN EINER SPRACHE, DIE DER VERFLUCHTE NICHT VERSTEHT. DAS IST SADISMUS.

Stanislaw Jerzy Lec

## 11. Juni

WIR ZIEHEN UNSERE KINDER GROSS, UM UNS DANN VON IHNEN KLEINKRIEGEN ZU LASSEN.

Gerhard Uhlenbruck

## 12. Juni

EUROPA IST WIE EINE WOHNGEMEINSCHAFT: JEDER GREIFT IN DIE HAUSHALTSKASSE UND KEINER TRÄGT DEN MÜLL RUNTER.

Matthias Beltz

## 13. Juni

DAS LEBEN BEGINNT NICHT MIT
DEM AUGENBLICK DER
EMPFÄNGNIS ODER DEM
EREIGNIS DER GEBURT.
ES BEGINNT, WENN DIE KINDER
AUSZIEHEN UND DER HUND STIRBT.

Volksweisheit

# 14. Juni

## FÜHRE MICH NICHT IN VERSUCHUNG. ICH FINDE DEN WEG SCHON ALLEIN.

Rita Mae Brown

## 15. Juni

DIE FRAU IST KEIN RAUBTIER.
IM GEGENTEIL:
SIE IST DIE BEUTE,
DIE DEM RAUBTIER
AUFLAUERT.

José Ortega y Gasset

# 16. Juni

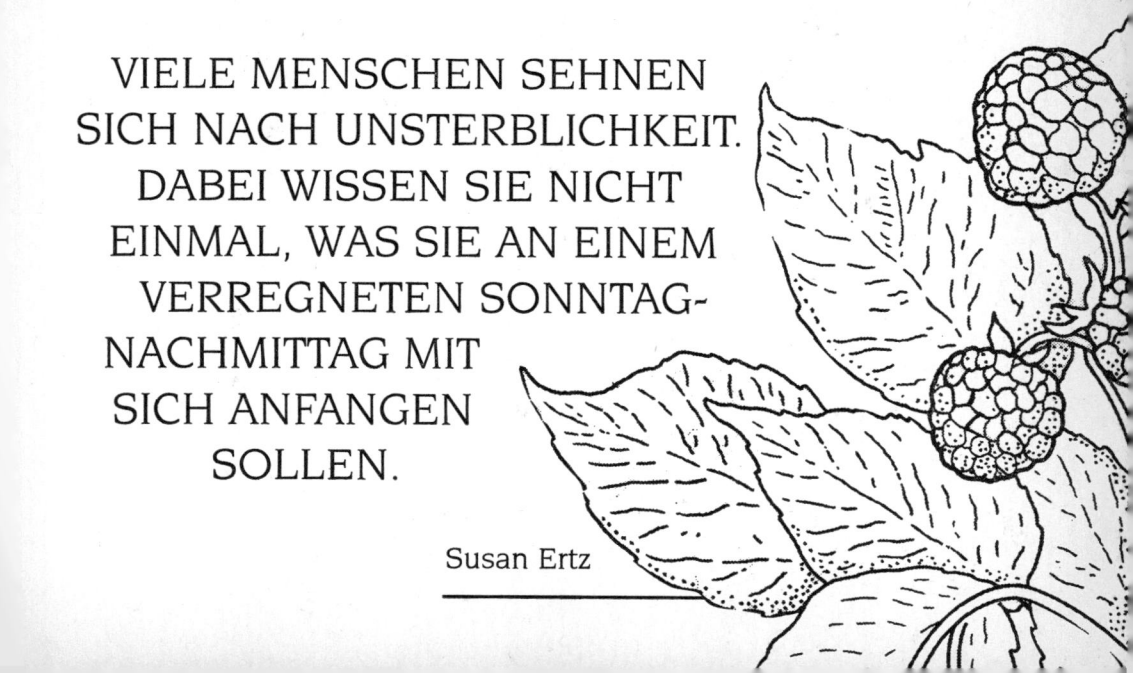

VIELE MENSCHEN SEHNEN SICH NACH UNSTERBLICHKEIT. DABEI WISSEN SIE NICHT EINMAL, WAS SIE AN EINEM VERREGNETEN SONNTAGNACHMITTAG MIT SICH ANFANGEN SOLLEN.

Susan Ertz

## 17. Juni

WENN DU WILLST, DASS ETWAS GESAGT WIRD, FRAGE EINEN MANN. WENN DU WILLST, DASS ETWAS GETAN WIRD, FRAGE EINE FRAU.

Margaret Thatcher

## 18. Juni

SO MANCHER MEINT,
EIN GUTES HERZ ZU
HABEN, UND HAT NUR
SCHWACHE NERVEN.

Marie von Ebner-Eschenbach

*19. Juni*

IN DER FREMDE MISS-
FALLEN MIR SO
VIELE DINGE,
DASS ICH MICH FAST
WIE ZU HAUSE FÜHLE.

Gabriel Laub

# 20. Juni

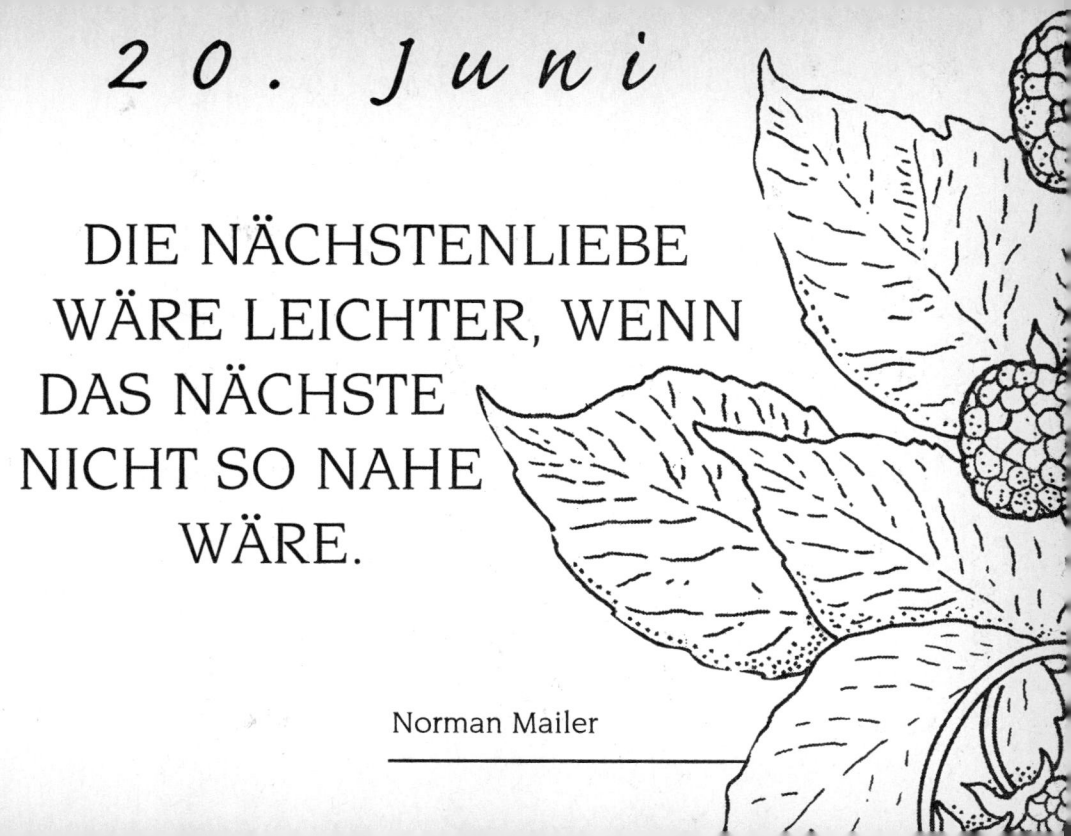

DIE NÄCHSTENLIEBE WÄRE LEICHTER, WENN DAS NÄCHSTE NICHT SO NAHE WÄRE.

Norman Mailer

## 21. Juni

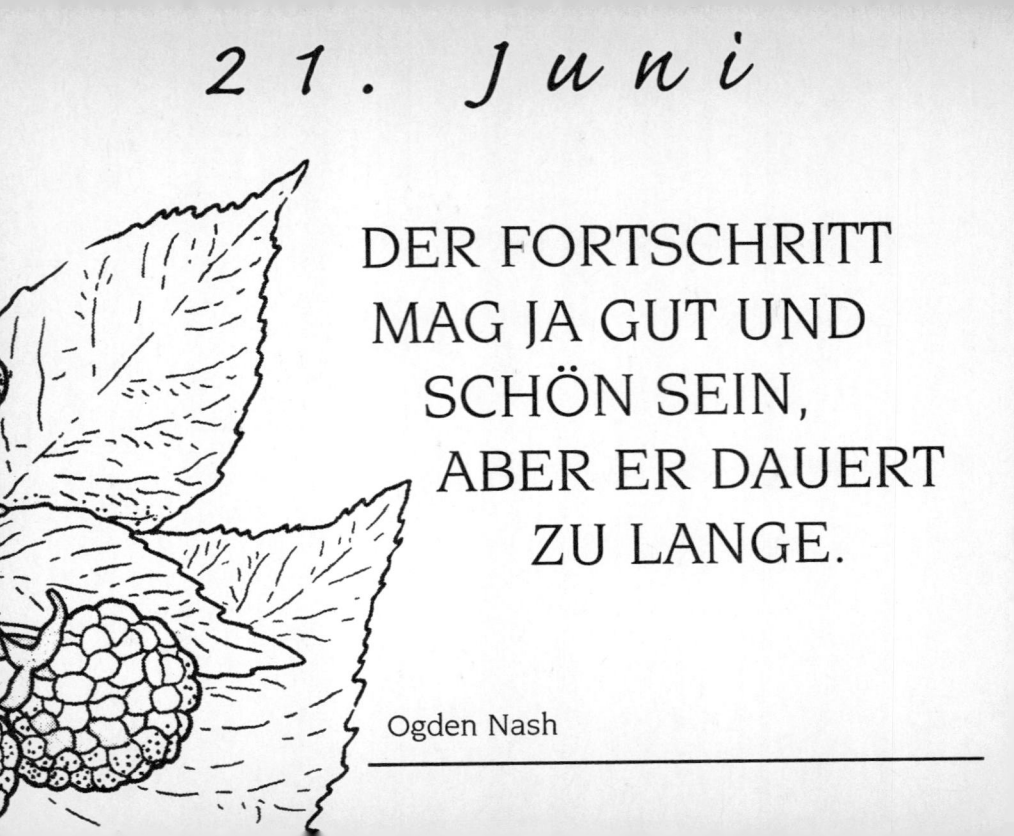

DER FORTSCHRITT
MAG JA GUT UND
SCHÖN SEIN,
ABER ER DAUERT
ZU LANGE.

Ogden Nash

## 22. Juni

EINE FRAU MACHT NIEMALS EINEN MANN ZUM NARREN; SIE SITZT BLOSS DABEI UND SIEHT ZU, WIE ER SICH SELBST DAZU MACHT.

Frank Sinatra

## 23. Juni

TOURISTEN SIND LEUTE,
DIE AN DEN ÄQUATOR FAHREN,
UM NACH EINER
SCHATTIGEN
STELLE ZU
SUCHEN.

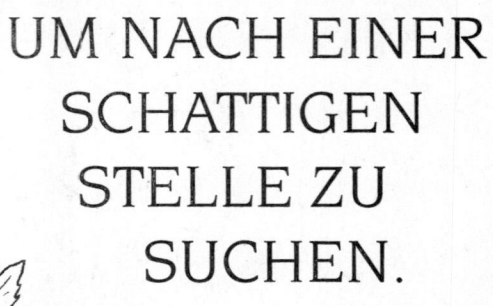

Wolfram Weidner

## 24. Juni

ICH HABE KEINE ANGST VOR DEM STERBEN. ICH MÖCHTE BLOSS NICHT DABEI SEIN, WENN ES PASSIERT.

Woody Allen

## 25. Juni

DIE MEISTEN KRANKEN GEHEN ZUM ARZT, NUR DIE ERKÄLTETEN GEHEN INS THEATER.

Günter Strack

## 26. Juni

ERST DIE MÄNNER SIND AUF DIE IDEE GEKOMMEN, IHRE NÄCHTLICHEN UNTERNEHMUNGEN TAGUNGEN ZU NENNEN.

Helen Vita

## 27. Juni

DIE MÄNNER HABEN
KEINE GEDULD.
DESHALB HABEN
SIE JA AUCH DEN
REISSVERSCHLUSS
ERFUNDEN.

Senta Berger

## 28. Juni

WER NICHTS WEITER MACHT ALS GELD VERDIENEN, DER VERDIENT AUCH NICHTS ANDERES ALS GELD.

Volksweisheit

## 29. Juni

ES HAT KEINEN SINN,
MIT MÄNNERN ZU STREITEN:
SIE HABEN JA DOCH IMMER
UNRECHT.

Zsa Zsa Gabor

## 30. Juni

SNOBISMUS HEISST,
GEGEN DEN STROM
SCHWIMMEN,
WO KEINER IST.

Oliver Hassenkamp

# 1. Juli

EINE FRAU BRAUCHT ZWANZIG JAHRE, UM AUS IHREM SOHN EINEN MANN ZU MACHEN – UND EINE ANDERE MACHT IN NUR ZWANZIG MINUTEN EINEN DUMMKOPF AUS IHM.

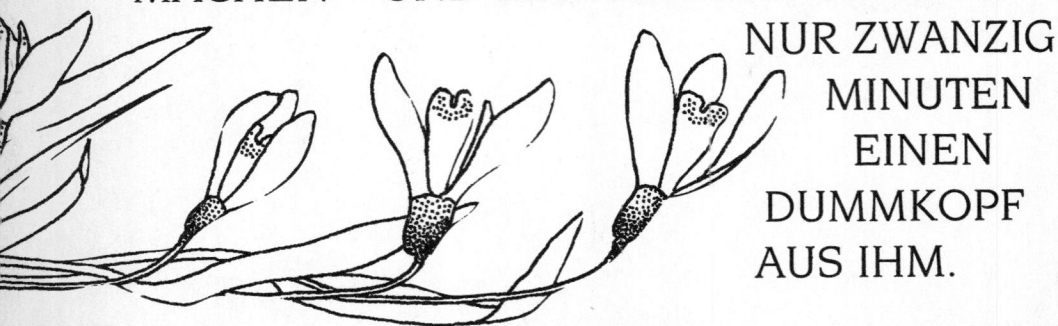

Helen Rowland

## 2. Juli

MANCHER HAT NUR ZU DREI VIERTEL TAKT UND WALZT ALLES NIEDER.

Kurt Tachmann

# 3. Juli

ICH HASSE FRAUEN,
WEIL SIE IMMER WISSEN, WO DIE
SACHEN SIND, DIE MAN SUCHT.

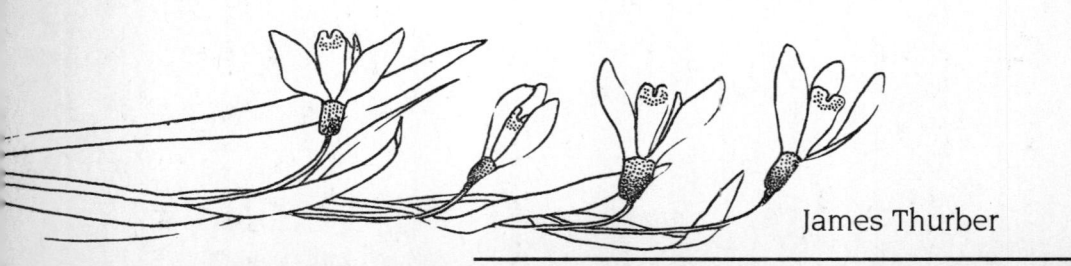

James Thurber

# 4. Juli

SORGEN ALLEIN
NUTZEN NICHTS,
MAN MUSS AUCH
KLAGEN KÖNNEN.

Klaus Bernhardt

## 5. Juli

HEUTZUTAGE GILT EIN MANN SCHON ALS GENTLEMAN, WENN ER DIE ZIGARETTE AUS DEM MUND NIMMT, BEVOR ER EINE FRAU KÜSST.

Barbra Streisand

## 6. Juli

DAS EINZIGE, WAS GOTT DAVON ABHÄLT, EINE ZWEITE SINTFLUT ZU SCHICKEN, IST DIE TATSACHE, DASS DIE ERSTE NUTZLOS WAR.

Nicolas Chamfort

# 7. Juli

WENN MAN ALLE GESETZE STUDIEREN WOLLTE, SO HÄTTE MAN GAR KEINE ZEIT, SIE ZU ÜBERTRETEN.

Johann Wolfgang von Goethe

## 8. Juli

WAS MICH AN EINER SCHEIDUNG AM MEISTEN SCHRECKT, IST, DASS MEINE KINDER MICH IN EIN HEIM FÜR UNVERHEIRATETE MÜTTER STECKEN KÖNNTEN.

Teresa Skelton

## 9. Juli

WENN DAS GEWISSEN EIN ROTLICHT IST, DANN BEMÜHEN SICH DIE MEISTEN, NOCH SCHNELL BEI GELB ÜBER DIE KREUZUNG ZU KOMMEN.

Senta Berger

*10. Juli*

GROSSELTERN UND ENKEL KOMMEN SO GUT MITEINANDER AUS, WEIL SIE EINEN GEMEINSAMEN FEIND HABEN.

Sam Leverson

## 11. Juli

DIE MEISTEN PREDIGTEN HÖREN SICH FÜR MICH WIE WERBESPOTS AN.
ABER ICH HABE NOCH NICHT DURCHSCHAUT, OB GOTT DER SPONSOR ODER DAS PRODUKT IST.

Mignon McLaughlin

## 12. Juli

AUTOVERTRETER VERKAUFEN AUTOS, VERSICHERUNGSVERTRETER VERSICHERUNGEN. UND VOLKSVERTRETER?

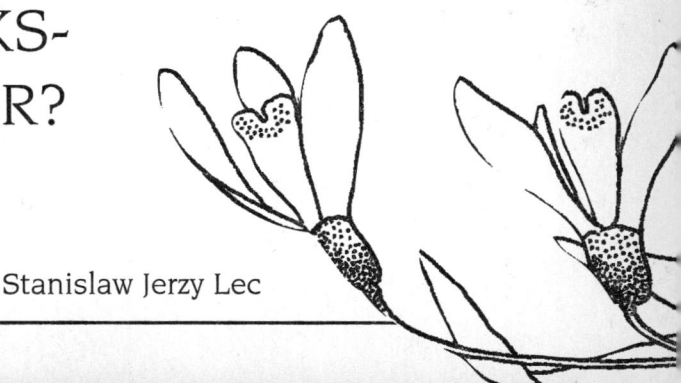

Stanislaw Jerzy Lec

# 13. Juli

ES GIBT LEUTE, DIE NUR AUS DEM GRUNDE IN JEDER SUPPE EIN HAAR FINDEN, WEIL SIE, WENN SIE DAVORSITZEN, SO LANGE DEN KOPF SCHÜTTELN, BIS EINS HINEINFÄLLT.

Friedrich Hebbel

## 14. Juli

ICH BIN EINE WUNDERBARE HAUSHÄLTERIN. IMMER, WENN ICH EINEN MANN VERLASSE, BEHALTE ICH SEIN HAUS.

Zsa Zsa Gabor

# 15. Juli

MANCHE POLITIKER SIND WIE AKKORDEONS: ZUNÄCHST MACHEN SIE VIEL WIND, ABER DANN FÜGEN SIE SICH DEM DRUCK.

Wolfgang Gruner

## 16. Juli

WENN SIE DIE BEWUNDERUNG VIELER MÄNNER FÜR DIE NÖRGELEIEN EINES EINZIGEN EINTAUSCHEN WOLLEN – NUR ZU, HEIRATEN SIE!

Katharine Hepburn

*17. Juli*

# NÄCHSTE WOCHE DARF ES KEINE KRISE GEBEN – MEIN TERMINPLAN IST BEREITS VOLL.

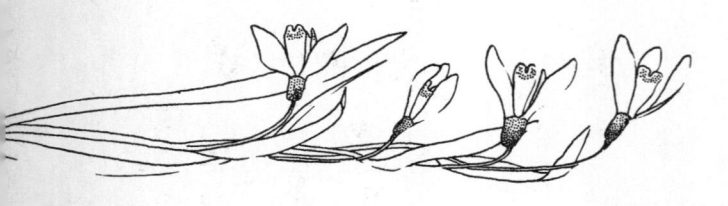

Henry Kissinger

## 18. Juli

ES GIBT FÜR JEDEN EINEN PLATZ AN DER SONNE – BESONDERS WENN ALLE DEN SCHATTEN SUCHEN.

Jules Renard

*19. Juli*

NIEMAND TRÄGT AUF EINER PARTY SO VIEL ZUR UNTER-HALTUNG BEI WIE DIE, DIE GAR NICHT DA SIND.

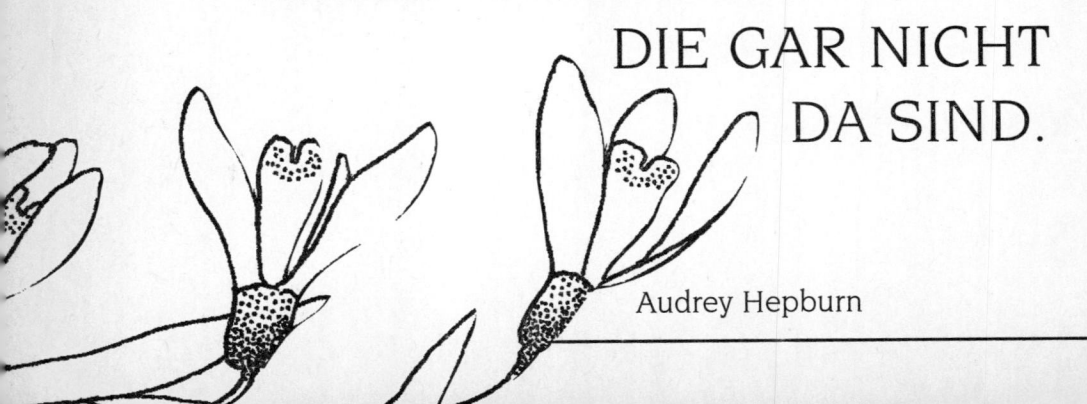

Audrey Hepburn

## 20. Juli

LIEBE DEINEN NÄCHSTEN WIE DICH SELBST – ABER WAS TUN, WENN MAN SICH SELBST NICHT AUSSTEHEN KANN?

Achim Ballert

## 21. Juli

ES STIMMT NICHT, DASS ICH NACKT WAR.
ICH HATTE DAS RADIO AN.

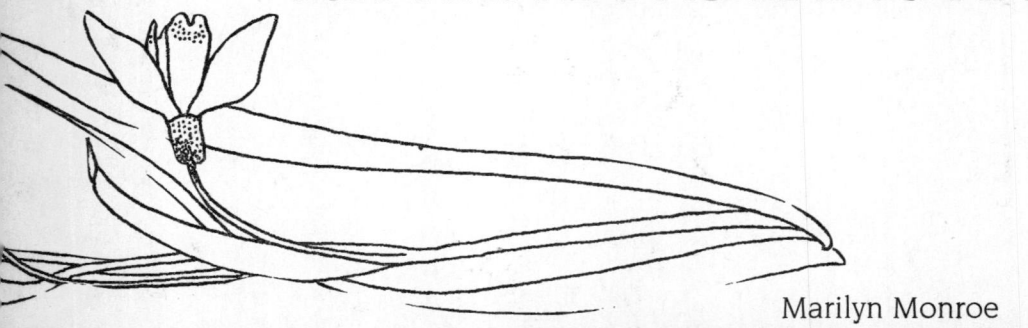

Marilyn Monroe

## 22. Juli

MUTTERSCHAFT IST EHER EINE ARBEITSPLATZBESCHREIBUNG ALS EINE SACHE DES GESCHLECHTS.

Libby Purves

*23. Juli*

HEIRAT IST DIE GRÜNDUNG
EINER GESELLSCHAFT
FÜR KONFLIKT-
FORSCHUNG.

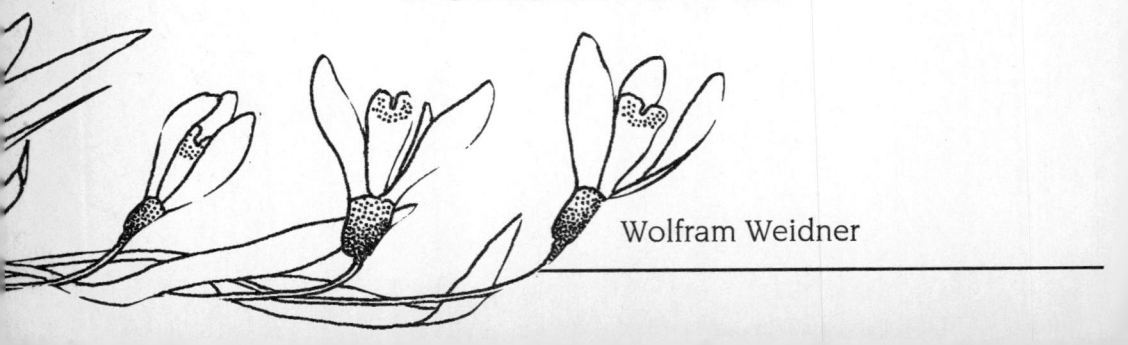

Wolfram Weidner

## 24. Juli

NICHT NUR HELDEN BLEIBEN AUF DEN SINKENDEN SCHIFFEN, AUCH DIE NICHT-SCHWIMMER.

Gabriel Laub

*25. Juli*

FRÜHER SCHENKTE
MAN SEIN HERZ,
HEUTE
SPENDET
MAN ES.

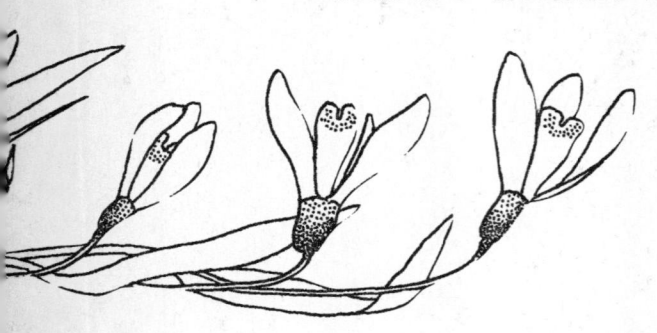

Heinrich Wiesner

# 26. Juli

ICH VERABSCHEUE MENSCHEN, DIE SICH HUNDE HALTEN. DAS SIND FEIGLINGE, DIE NICHT DEN MUT HABEN, ANDERE LEUTE SELBST ZU BEISSEN.

August Strindberg

## 27. Juli

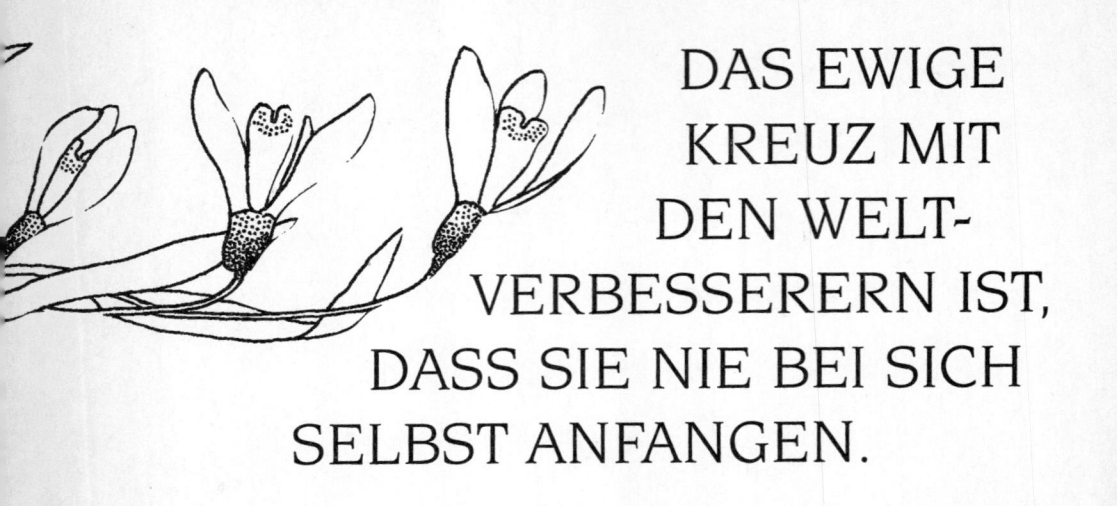

DAS EWIGE KREUZ MIT DEN WELT- VERBESSERERN IST, DASS SIE NIE BEI SICH SELBST ANFANGEN.

Thornton Wilder

## 28. Juli

WENN ES KEINE SCHULEN GÄBE, IN DENEN DIE KINDER FÜR EIN PAAR STUNDEN AM TAG UNTERGEBRACHT SIND, WÄREN DIE IRRENHÄUSER VOLL MIT MÜTTERN.

Edgar W. Howe

# 29. Juli

DIE INNERE STIMME EINES MENSCHEN IST BEI BAUCHREDNERN BESONDERS AUSGEPRÄGT.

Werner Schneyder

## 30. Juli

VOR DER HOCHZEIT SPRECHEN DIE MÄNNER HAUPTSÄCHLICH VON IHREM HERZEN, SPÄTER VON DER LEBER UND GANZ ZULETZT VON DER GALLE.

Helen Vita

## 31. Juli

DER ZUSTAND DER GESAMTEN MENSCHLICHEN MORAL LÄSST SICH IN ZWEI SÄTZEN ZUSAMMENFASSEN: WE OUGHT TO. BUT WE DON'T.

Kurt Tucholsky

# 1. August

HÄTTE SEINE MUTTER IHN NUR WEGGEWORFEN UND STATT DESSEN DEN STORCH BEHALTEN.

Mae West

# 2. August

WIE KOMMT ES, DASS KINDER SO INTELLIGENT UND MÄNNER SO DUMM SIND? ES MUSS WOHL AN DER AUSBILDUNG LIEGEN.

Alexandre Dumas

# 3. August

EIN JUNGGESELLE IST EIN MANN, DER EINEN HAUPTTREFFER MACHEN WILL, INDEM ER KEIN LOS ERWIRBT.

Iska Geri

# 4. August

VON ALLEN STOFFWECHSEL-
KRANKHEITEN IST
DIE MODE
DIE CHAR-
MANTESTE.

Ralph Boller

# 5. August

EIN MANN IN DER MIDLIFE CRISIS GLEICHT EINEM KIND, DAS ZU OSTERN NOCH WEIHNACHTS-GESCHENKE ERWARTET.

Hedda Hopper

## 6. August

ES IST GANZ UND GAR UNNATÜRLICH FÜR EINE MUTTER, MIT IHREN KINDERN ALLEIN FERTIG ZU WERDEN.

Katharine Whitehorn

# 7. August

MORAL IST, WENN MAN SO LEBT, DASS ES GAR KEINEN SPASS MACHT, SO ZU LEBEN.

Edith Piaf

# 8. August

ICH HABE SCHWEINE GERN. HUNDE SEHEN ZU UNS AUF. KATZEN BLICKEN AUF UNS HERAB. SCHWEINE BEHANDELN UNS ALS GLEICHBERECHTIGT.

Winston Churchill

# 9. August

DER MENSCH IST DAS EINZIGE
WESEN, DAS IM FLIEGEN EINE
WARME MAHLZEIT
ZU SICH
NEHMEN KANN.

Loriot

# 10. August

DIE TRAGIK DES 20. JAHR-
HUNDERTS LIEGT DARIN,
DASS ES NICHT MÖGLICH WAR,
DIE THEORIEN VON KARL MARX
ZUERST AN MÄUSEN
AUSZUPROBIEREN.

Stanislaw Lem

## 11. August

FÜR DAS KIND IM MANNE GIBT ES LEIDER KEIN KINDERGELD.

Gerhard Uhlenbruck

## 12. August

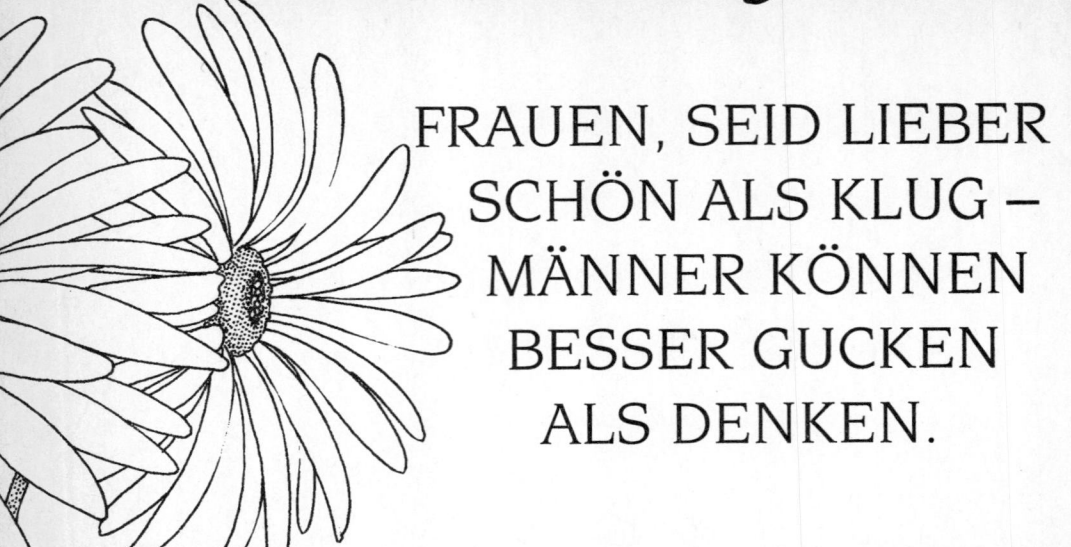

FRAUEN, SEID LIEBER
SCHÖN ALS KLUG –
MÄNNER KÖNNEN
BESSER GUCKEN
ALS DENKEN.

Postkartenspruch

# 13. August

ICH LIEBE KINDER VOR ALLEM,
WENN SIE SCHREIEN,
WEIL DANN JEMAND
KOMMT UND SIE
MITNIMMT.

Nancy Mitford

# 14. August

FRAUEN LIEBEN ES GAR NICHT,
KLATSCH WEITERZUERZÄHLEN.
SIE WISSEN NUR
NICHT, WAS SIE
SONST DAMIT TUN
SOLLEN.

Romy Schneider

# 15. August

ES WÜRDE MIR NICHT IM TRAUM EINFALLEN, EINEM CLUB BEIZUTRETEN, DER BEREIT WÄRE, JEMANDEN WIE MICH ALS MITGLIED AUFZUNEHMEN.

Groucho Marx

# 16. August

AUFGABE VON KUNST HEUTE IST ES, CHAOS IN DIE ORDNUNG ZU BRINGEN.

Theodor W. Adorno

# 17. August

WER BEHAUPTET, DIE MÄNNER KÖNNTEN NICHT MEHR KÜSSEN, DER HAT NOCH KEIN TOR AUF EINEM FUSSBALLPLATZ ERLEBT.

Virna Lisi

## 18. August

EIN KUSS IST DER VERSUCH,
UNTER MÖGLICHST INTENSIVER
BENÜTZUNG DER
LIPPEN GEMEINSAM
ZU SCHWEIGEN.

Senta Berger

*19. August*

LEBENSSTANDARD IST DER VERSUCH, SICH HEUTE DAS ZU LEISTEN, WOFÜR MAN AUCH IN ZEHN JAHREN NOCH KEIN GELD HABEN WIRD.

Walter Matthau

# 20. August

ICH HABE EINEN KURS IM SCHNELLESEN
MITGEMACHT UND BIN NUN IN DER LAGE,
„KRIEG UND FRIEDEN" IN ZWANZIG
MINUTEN DURCHZULESEN.
ES HANDELT VON
RUSSLAND.

Woody Allen

# 21. August

LIEBE, SAGT MAN, GEHE DURCH DEN MAGEN. OB DAS AUCH FÜR DIE UNGLÜCKLICHE LIEBE GILT?

Marianne Sägebrecht

## 22. August

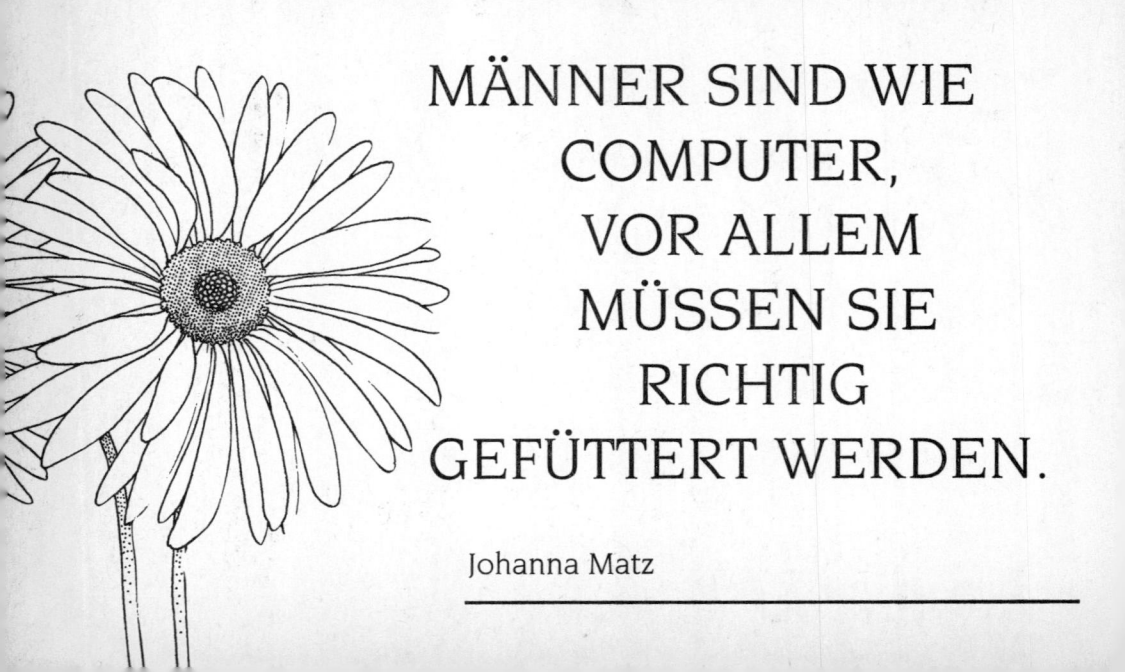

MÄNNER SIND WIE COMPUTER, VOR ALLEM MÜSSEN SIE RICHTIG GEFÜTTERT WERDEN.

Johanna Matz

# 23. August

ES GIBT KEINE GUTEN MÄDCHEN, DIE VOM RECHTEN WEG ABKOMMEN, NUR SCHLECHTE MÄDCHEN, DIE ERWISCHT WERDEN.

Mae West

## 24. August

MEIN ARBEITSTAG? ICH STEH' JEDEN MORGEN AUF, WASCH' MICH, PUTZ' MIR DIE ZÄHNE – UND GEH' NACH HAUSE.

Otto Waalkes

## 25. August

ALS ABSURD BEZEICHNEN WIR, WAS NICHT MÖGLICH IST UND TROTZDEM PASSIERT; WAS MÖGLICH IST, ABER NICHT PASSIERT, BEZEICHNEN WIR ALS TYPISCH.

Gabriel Laub

# 26. August

MANCHE MÄNNER SIND WIE UHREN: SOBALD MAN SIE REPARIERT HAT, GEHEN SIE.

Ingrid van Bergen

## 27. August

FRAUEN AHNEN
ALLES.
SIE IRREN NUR,
WENN SIE
DENKEN.

Alphonse Karr

## 28. August

VORSCHUSSLORBEEREN SIND,
WENN MAN EINER FRAU AM
FRÜHEN ABEND
ROSEN
SCHENKT.

Andreas K. Heyne

## 29. August

ICH KENNE EINEN PROFESSOR, DER SICH, NACHDEM ER EINEN VORTRAG GEGEN ABERGLAUBEN GEHALTEN HATTE, EIN MITTEL GEGEN HAARAUSFALL KAUFTE.

— Robert Lembke

# 30. August

WENN EINE FRAU BIS ZU IHREM
VIERUNDZWANZIGSTEN
LEBENSJAHR NOCH NICHT DEN
RICHTIGEN GEFUNDEN
HAT, KANN SIE VON
GLÜCK SAGEN.

Deborah Kerr

# 31. August

VIELE FRAUEN HEIRATEN,
WEIL SIE DES ALLEINSEINS
MÜDE SIND, ABER VIELE
LASSEN SICH DESHALB
AUCH
SCHEIDEN.

Hanne Wieder

## 1. september

MÄNNER SIND EINFACH BESSER ALS FRAUEN. VOR ALLEM IM EINARMIGEN REISSEN, BEIM KNÖDEL-WETTESSEN UND ALS HELDENTENOR.

Monika Hohlmeier

# 2. September

LIEBE IST EIN VORBEUGUNGS-MITTEL GEGEN LUNGENKREBS: WÄHREND DES LIEBESAKTES RAUCHT MAN NICHT.

Gabriel Laub

# 3. september

MÄNNER SIND IMMER
FÜR IHRE KINDER DA,
ES SEI DENN,
DIE KLEINEN SIND
WACH.

Volksweisheit

## 4. September

MIT ZUNEHMENDEM ALTER WIRD MAN NICHT KLUG – MAN WEISS NUR BESSER, DASS ES DIE ANDEREN AUCH NICHT SIND.

Gabriel Laub

# 5. september

DER ZWEITE FRÜHLING KOMMT MIT DEN DRITTEN ZÄHNEN.

Walter Matthau

# 6. september

ICH NEHME MEINE KINDER ÜBERALL HIN MIT, ABER SIE FINDEN IMMER WIEDER DEN WEG NACH HAUSE.

Robert Orben

# 7. september

ÄRZTE SCHÜTTEN MEDIKAMENTE, VON DENEN SIE WENIG WISSEN, GEGEN KRANKHEITEN, VON DENEN SIE NOCH WENIGER WISSEN, IN MENSCHEN HINEIN, VON DENEN SIE GAR NICHTS WISSEN.

Voltaire

# 8. September

## MÄNNER KENNEN PROBLEME FÜR JEDE LÖSUNG.

Postkartenspruch

# 9. september

ICH HATTE EINE SEHR SCHWERE KINDHEIT. ICH KAM PRAKTISCH OHNE ZÄHNE ZUR WELT UND WAR DIE ERSTEN JAHRE SO GUT WIE INFANTIL.

Robert Gernhardt

# 10. September

WAS KANN SCHON AUS EINEM TAG WERDEN, DER DAMIT BEGINNT, DASS MAN AUFSTEHEN MUSS!

Friedrich Karinthy

# 11. September

DAS GEHIRN IST EIN WUNDERVOLLES ORGAN. ES FÄNGT SOFORT AN ZU ARBEITEN, WENN MAN MORGENS AUFWACHT, UND HÖRT NICHT AUF DAMIT, BIS MAN IM BÜRO IST.

Robert Frost

# 12. September

DU HAST KEINE CHANCE,
ABER NUTZE SIE.

Herbert Achternbusch

# 13. september

NUN BIST DU MIT DEM KOPF DURCH DIE WAND. UND WAS WIRST DU IN DER NACHBARZELLE TUN?

Stanislaw Jerzy Lec

# 14. September

DEMOKRATIE IST DIE SCHLECHTESTE REGIERUNGSFORM ÜBERHAUPT – MIT AUSNAHME ALLER ANDEREN.

Winston Churchill

## 15. september

EHE IST DER VERSUCH,
DIE PROBLEME ZU ZWEIT ZU
LÖSEN, DIE EIN
ALLEINSTEHENDER
MENSCH GAR NICHT
HAT.

Dieter Thoma

# 16. September

UND AM ENDE IST ES IM BETT WIEDER MAL GEMÜTLICHER ALS IN DER WIRKLICHEN WELT.

Peter Rühmkorf

# 17. september

> LEBEN IST, WAS UNS ZUSTÖSST, WÄHREND WIR UNS ETWAS GANZ ANDERES VORGENOMMEN HABEN.
>
> Henry Miller

# 18. September

EHRGEIZ
SCHAFFT VIEL,
SOGAR EINEN
SELBST.

Gerhard Uhlenbruck

# 19. september

## EIGENLOB STIMMT!

Volksweisheit

# 20. September

EMPFEHLUNG:
1. NIE DER ERSTE SEIN.
2. NIE DER LETZTE SEIN.
3. SICH NIEMALS FREI-WILLIG MELDEN.

Arthur Bloch, „Murphys Gesetz"

# 21. September

FRÜHER GLAUBTE JEDE NEUE GENERATION, MIT IHR FANGE DIE WELT NEU AN. HEUTE GLAUBT JEDE NEUE GENERATION, MIT IHR GEHE SIE ZU ENDE.

Johannes Gross

## 22. September

ES IST ENERGIEVERSCHWENDUNG, EINEM KAHLKÖPFIGEN MANN EINE HAARSTRÄUBENDE GESCHICHTE ZU ERZÄHLEN.

Volksweisheit

# 23. september

WENN EIN ARMER EIN HUHN
VERSPEIST, SO IST
ENTWEDER
ER KRANK
ODER DAS
HUHN.

Volksweisheit

# 24. September

ERFAHRUNGEN SAMMELT MAN
WIE PILZE: EINZELN UND
MIT DEM GEFÜHL, DASS
DIE SACHE NICHT
GANZ GEHEUER IST.

Erskine Caldwell

# 25. september

ERFOLG IST ETWAS SEIN,
ETWAS SCHEIN
UND SEHR VIEL SCHWEIN.

Philip Rosenthal

# 26. September

DENKEN IST ALLEN ERLAUBT;
VIELEN BLEIBT ES ERSPART.

Curt Goetz

## 27. September

MAN SOLL NICHT MEHR LERNEN, ALS MAN UNBEDINGT GEGEN DAS LEBEN BRAUCHT.

Karl Kraus

# 28. September

## NUN IST ES SO WEIT, WIE ICH ES GEBRACHT HABE.

Werner Finck

## 29. september

ALS GOTT DEN MANN ERSCHUF, ÜBTE SIE NOCH.

Postkartenspruch

# 30. September

NACH EINER GUTEN
REDE SEI DAS THEMA
ERSCHÖPFT,
NICHT DER
ZUHÖRER.

Winston Churchill

# 1. Oktober

ES BEKOMMT EINER SACHE BESSER, WENN SICH EINER DAFÜR ERWÄRMT, ALS WENN SICH HUNDERT DAFÜR ERHITZEN.

Robert Lembke

# 2. Oktober

FAULHEIT IST DER HANG ZUR RUHE OHNE VORHERGEHENDE ARBEIT.

Immanuel Kant

# 3. Oktober

ES IST FAST UNMÖG-LICH, DIE FACKEL DER WAHRHEIT DURCH DAS GEDRÄNGE ZU TRAGEN, OHNE JEMANDEM DEN BART ZU SENGEN.

Georg Christoph Lichtenberg

# 4. Oktober

DAS EINZIG GEFÄHRLICHE AM FLIEGEN IST DIE ERDE.

Wilbur Wright

# 5. Oktober

**FRAUEN – DAS BESTE IN DIESER ART!**

Curt Goetz

# 6. Oktober

DA WO'S ZU WEIT GEHT,
FÄNGT DIE
FREIHEIT ERST
AN.

Curt Goetz

# 7. Oktober

GEDANKEN HÜPFEN WIE FLÖHE VON EINEM MENSCHEN ZUM ANDEREN. ABER SIE BEISSEN NICHT ALLE.

Stanislaw Jerzy Lec

# 8. Oktober

IM KRIEG IST KÖRPERLICHE
ABWESENHEIT BESSER
ALS GEISTES-
GEGENWART.

Volksweisheit

## 9. Oktober

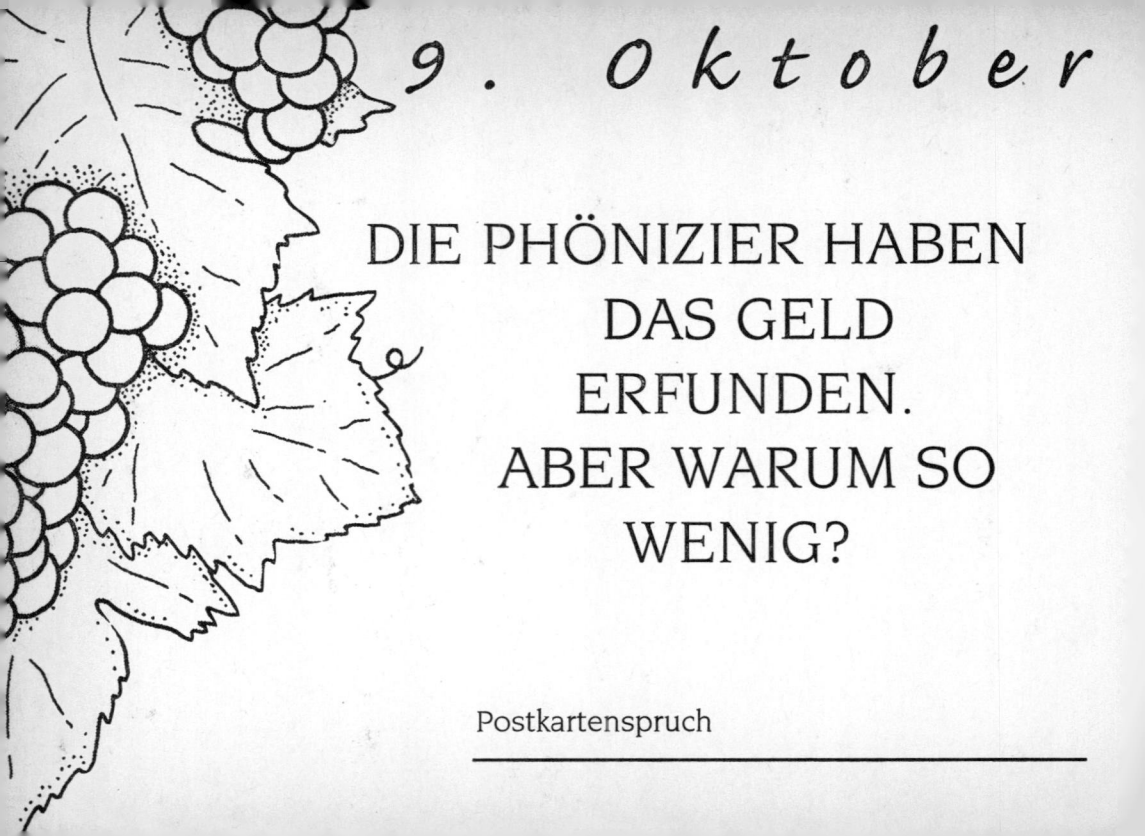

DIE PHÖNIZIER HABEN
DAS GELD
ERFUNDEN.
ABER WARUM SO
WENIG?

Postkartenspruch

# 10. Oktober

EIN GEWISSES MASS VON UNKENNTNIS VONEINANDER IST DIE VORAUSSETZUNG DAFÜR, DASS ZWEI MENSCHEN FREUNDE BLEIBEN.

Hermann Bahr

# 11. Oktober

JUNGES GEMÜSE WIRD MANCHMAL AUCH ALS SCHIMPFWORT BENUTZT. ALS SEI ALTES GEMÜSE ETWAS GUTES.

Dieter Thoma

# 12. Oktober

ICH HABE EINEN GANZ EINFACHEN GESCHMACK: IMMER NUR DAS BESTE.

Oscar Wilde

# 13. Oktober

HAT MAN SCHON ZWEI HUNDE GESEHEN, DIE, WENN SIE SICH TREFFEN, ÜBER EINEN DRITTEN HUND REDEN, WEIL SIE SONST NICHTS MITEINANDER ANFANGEN KÖNNEN?

Max Frisch

# 14. Oktober

DER ALTE GESUNDHEITS-MINISTER HAT NOCH GEWUSST, WIE MAN HÄMORRHOIDEN SCHREIBT. DER NEUE WEISS NUR NOCH, WO SIE SIND.

Manfred Rommel

# 15. Oktober

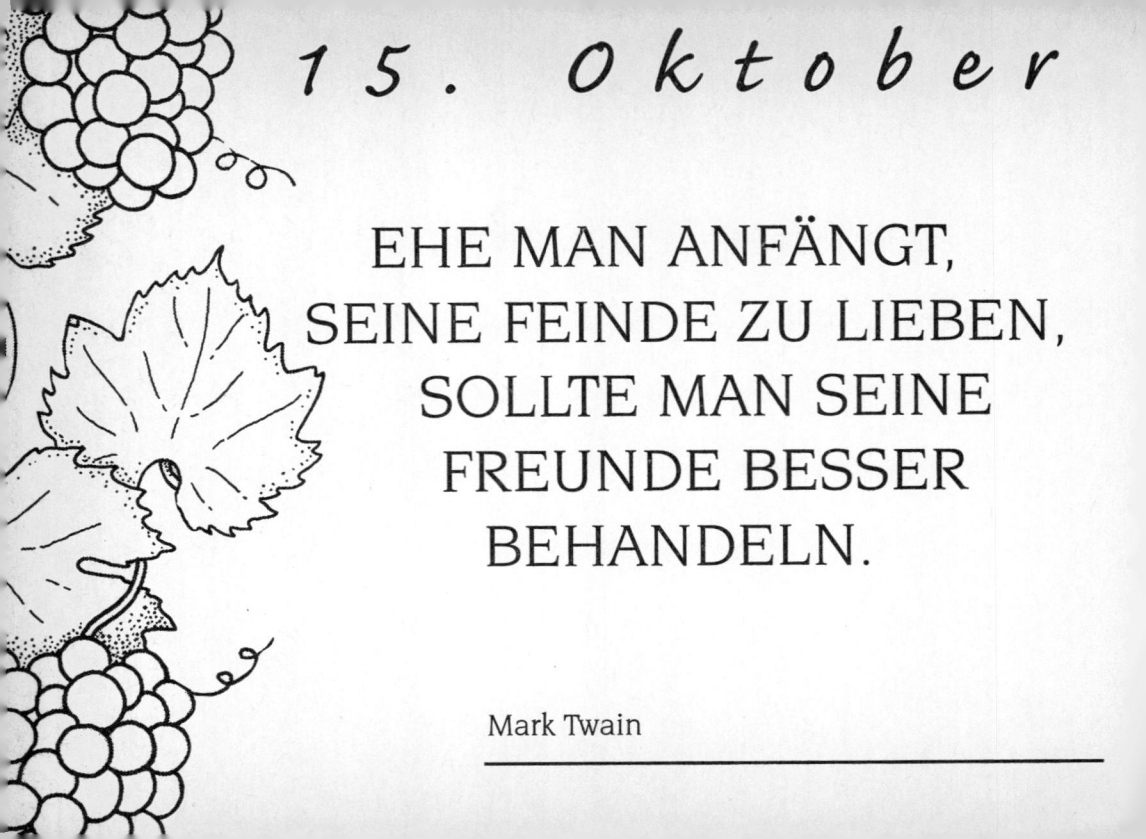

EHE MAN ANFÄNGT,
SEINE FEINDE ZU LIEBEN,
SOLLTE MAN SEINE
FREUNDE BESSER
BEHANDELN.

Mark Twain

# 16. Oktober

EINE STILLSTEHENDE UHR
HAT DOCH TÄGLICH
ZWEIMAL RICHTIG
GEZEIGT UND DARF NACH
JAHREN AUF EINE LANGE
REIHEN VON ERFOLGEN
ZURÜCKBLICKEN.

Marie von Ebner-Eschenbach

# 17. Oktober

## JE ÄLTER MAN WIRD, DESTO SCHLECHTER WIRD ALLES.

Volksweisheit

# 18. Oktober

ES GENÜGT NICHT,
KEINE GEDANKEN ZU HABEN,
MAN MUSS AUCH UNFÄHIG
SEIN, SIE AUSZU-
DRÜCKEN.

Karl Kraus

*19. Oktober*

GELD IST GAR NICHTS WERT.
ABER VIEL GELD –
DAS IST ETWAS
ANDERES.

George Bernard Shaw

# 20. Oktober

## GUT HÖREN KANN ICH SCHLECHT, ABER SCHLECHT SEHEN KANN ICH GUT.

Josef Kardinal Frings

## 21. Oktober

UM DIESE ZEIT SIND ALLE MENSCHEN GLEICH.
MIR WENIGSTENS.

Radio-Moderator morgens um vier

# 22. Oktober

IN DER EHE PFLEGT
GEWÖHNLICH EINER DER
DUMME ZU SEIN.
NUR WENN ZWEI DUMME
HEIRATEN – DAS KANN
MITUNTER GUT AUSGEHEN.

Kurt Tucholsky

# 23. Oktober

> WER KEINEN HUMOR HAT, SOLLTE NICHT HEIRATEN.

Eduard Mörike

# 24. Oktober

DER NACHTEIL DES HIMMELS BESTEHT DARIN, DASS MAN DIE GEWOHNTE GESELLSCHAFT VERMISSEN MUSS.

Mark Twain

# 25. Oktober

MENSCHEN STOLPERN NICHT ÜBER BERGE, SONDERN ÜBER MAULWURFSHÜGEL.

Konfuzius

# 26. Oktober

ES GIBT LEUTE, DIE DESWEGEN NACH OBEN KOMMEN, WEIL SIE KEINE FÄHIGKEITEN BESITZEN, DERENTWEGEN MAN SIE UNTEN FESTHALTEN MÖCHTE.

Peter Ustinov

## 27. Oktober

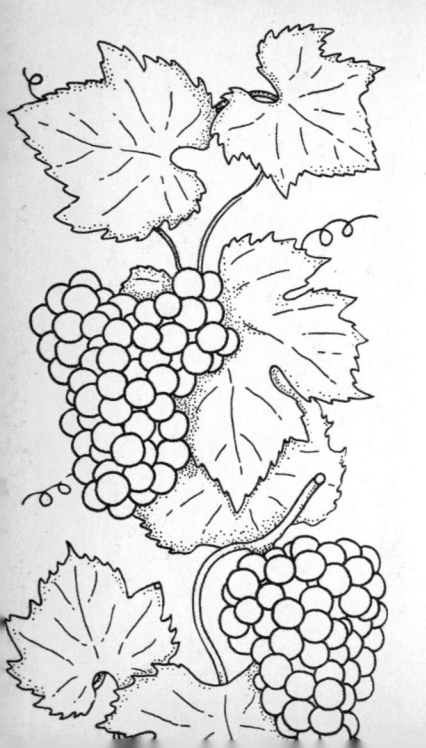

NUR DIE HOCHMÜTIGEN WEIGERN SICH, UNSINN ZU REDEN.

Peter Sloterdijk

# 28. Oktober

## WISSENSCHAFT IST IRRTUM AUF DEN LETZTEN STAND GEBRACHT.

Linus Pauling

# 29. Oktober

HÖFLICHKEIT IST DER VERSUCH,
MENSCHENKENNTNIS
DURCH GUTE
MANIEREN ZU
ERSETZEN.

Jean Gabin

# 30. Oktober

MAN VERBINDET SICH OFT EINEM MENSCHEN, WENN MAN NACH DEM NAMEN SEINES HUNDES FRAGT.

Jean Paul

# 31. Oktober

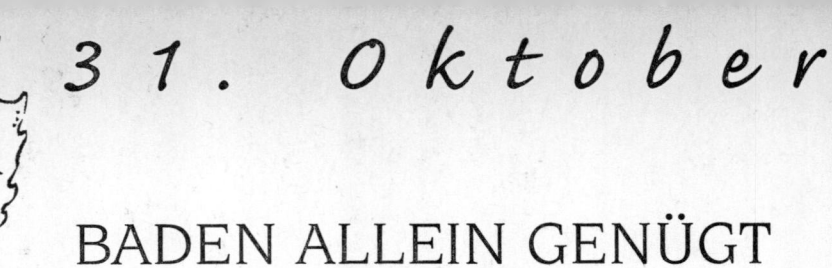

BADEN ALLEIN GENÜGT
NICHT. MAN MUSS
GELEGENTLICH AUCH
DAS WASSER
WECHSELN.

Volksweisheit

# 1. November

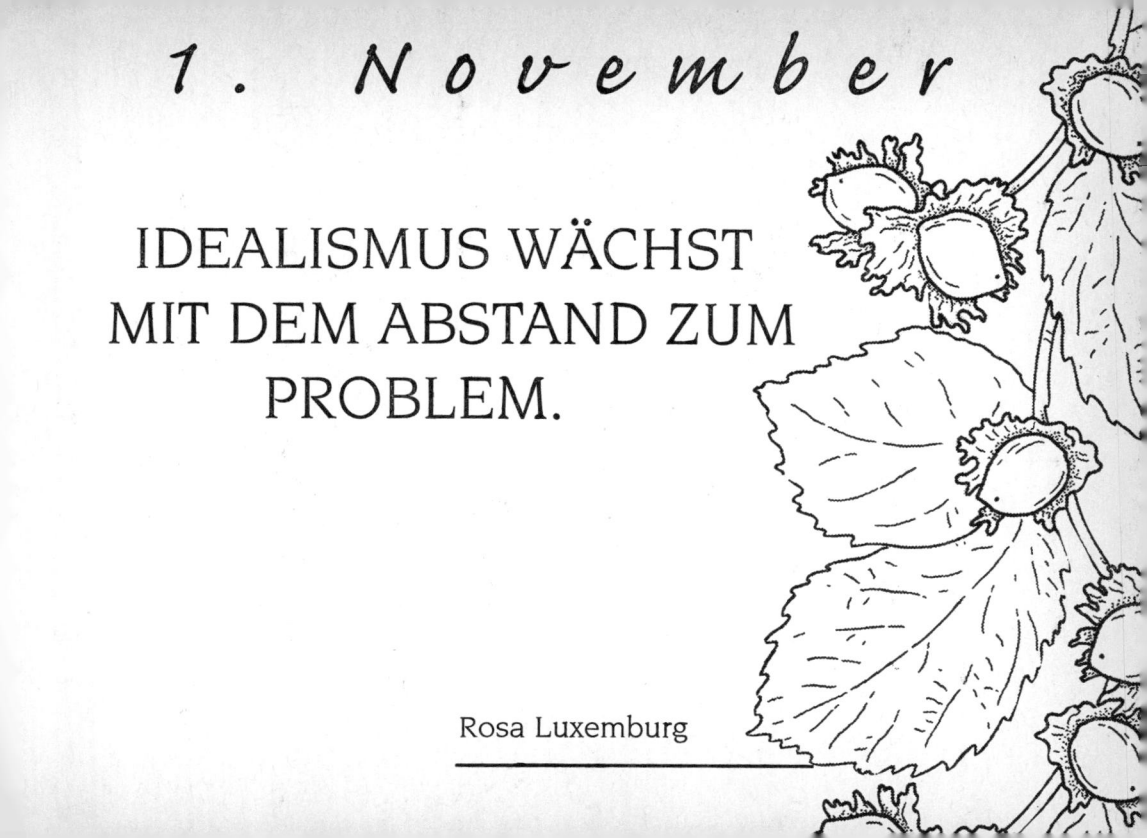

IDEALISMUS WÄCHST MIT DEM ABSTAND ZUM PROBLEM.

Rosa Luxemburg

# 2. November

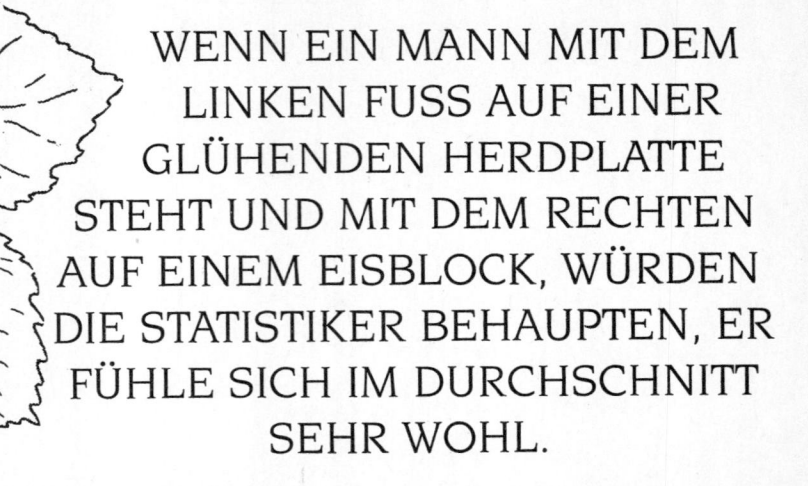

WENN EIN MANN MIT DEM LINKEN FUSS AUF EINER GLÜHENDEN HERDPLATTE STEHT UND MIT DEM RECHTEN AUF EINEM EISBLOCK, WÜRDEN DIE STATISTIKER BEHAUPTEN, ER FÜHLE SICH IM DURCHSCHNITT SEHR WOHL.

Walter Heller

# 3. November

**WAS AUCH PASSIERT, TUE SO, ALS WÄRE ES ABSICHT.**

Arthur Bloch, „Murphys Gesetz"

# 4. November

GUTE FREUNDE ERKENNT MAN DARAN, DASS SIE IMMER DA SIND, WENN SIE UNS BRAUCHEN.

Volksweisheit

# 5. November

> MAN KONNTE SOGAR DIE SCHRITTE HÖREN, MIT DENEN ER IN SICH GING.

Alfred Polgar

## 6. November

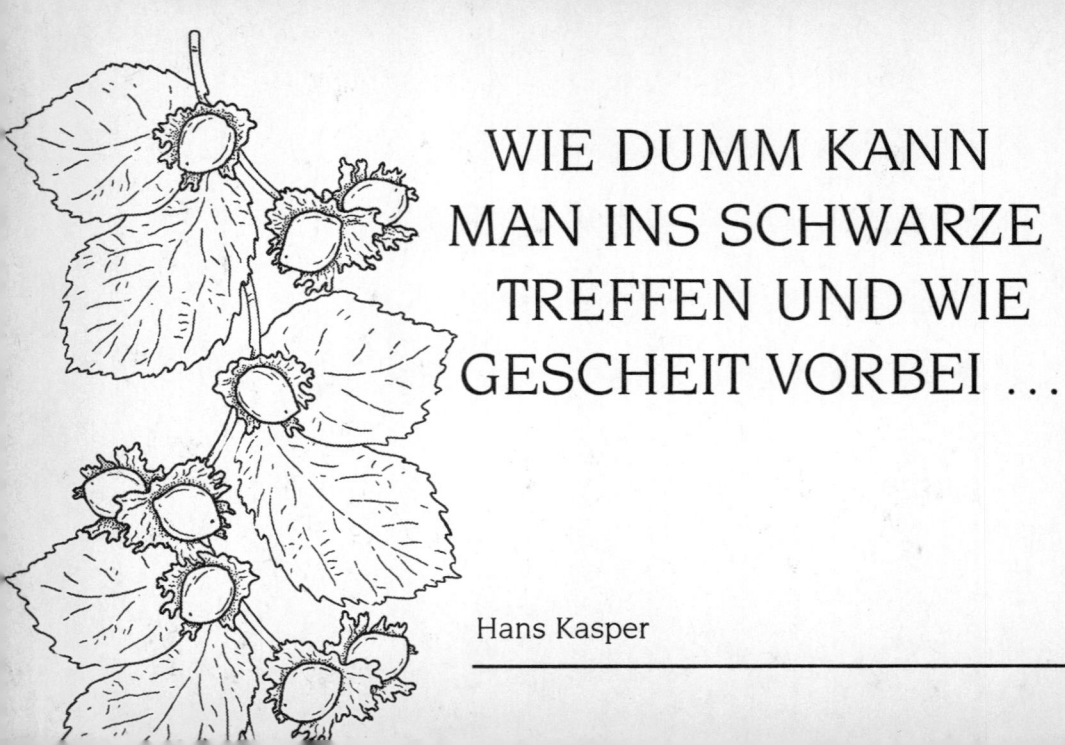

WIE DUMM KANN
MAN INS SCHWARZE
TREFFEN UND WIE
GESCHEIT VORBEI …

Hans Kasper

## 7. November

IRREN IST MENSCHLICH –
ES IST ABER NOCH
MENSCHLICHER,
ES AUF JEMAND ANDEREN
ZU SCHIEBEN.

Arthur Bloch, „Murphys Gesetz"

## 8. November

WER MIT NOT UND MÜHE KAUM, ERKLETTERT EINEN HOHEN BAUM, UND MEINT, DASS ER EIN VOGEL WÄR, DER IRRT SICH SEHR.

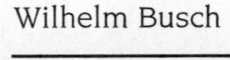

Wilhelm Busch

# 9. November

IN EINER IRRSINNIGEN WELT
VERNÜNFTIG SEIN ZU WOLLEN,
IST SCHON WIEDER EIN
IRRTUM FÜR SICH.

Voltaire

# 10. November

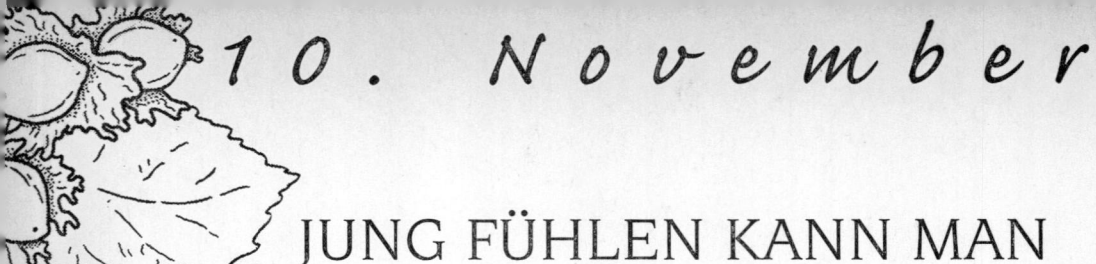

JUNG FÜHLEN KANN MAN
SICH ZU JEDER ZEIT.
NUR STRENGT ES
SPÄTER EIN BISSCHEN
MEHR AN.

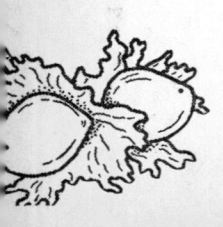

Dieter Thoma

# 11. November

WER EINEN KATER HAT, MUSS NOCH KEIN TIERFREUND SEIN.

Volksweisheit

# 12. November

HEIRATE ODER
HEIRATE NICHT.
DU WIRST BEIDES
BEREUEN.

Sokrates

# 13. November

DIE CHANCE KLOPFT ÖFTER AN, ALS MAN GLAUBT.
ABER MEISTENS IST NIEMAND ZU HAUSE.

William Pierce Rogers

# 14. November

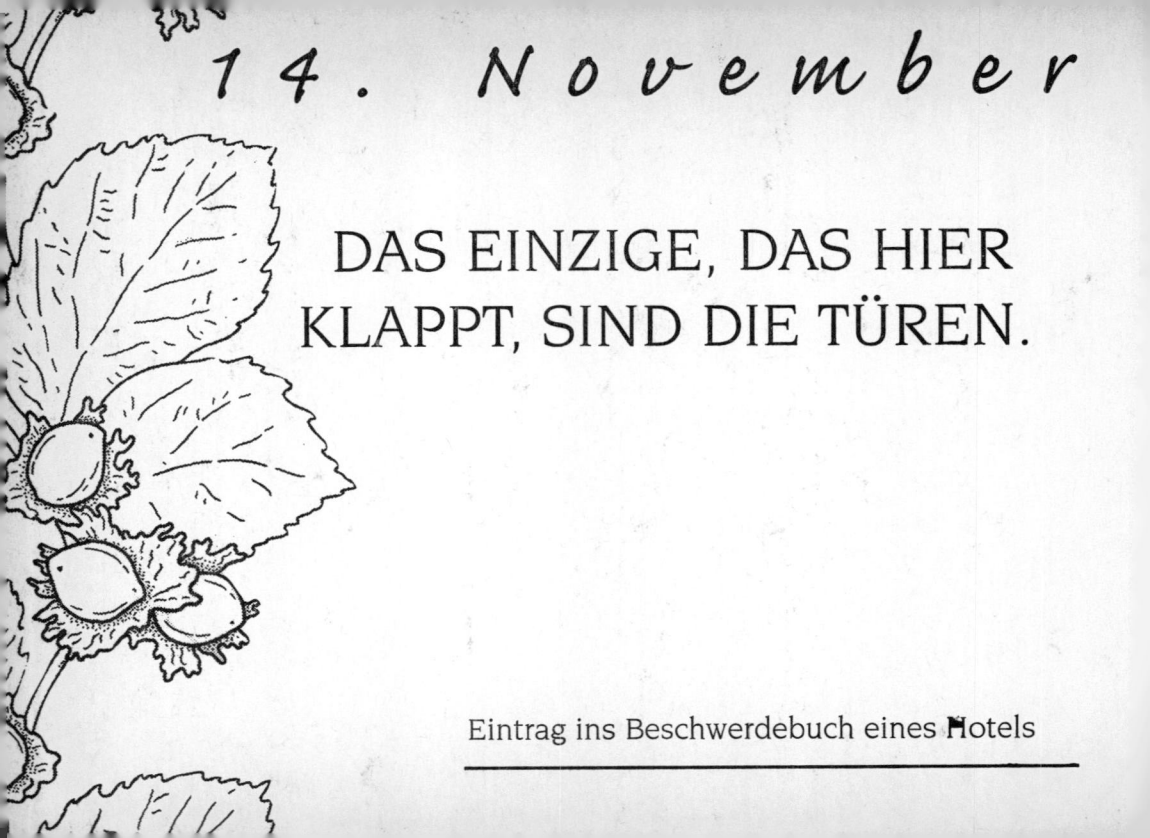

## DAS EINZIGE, DAS HIER KLAPPT, SIND DIE TÜREN.

Eintrag ins Beschwerdebuch eines Hotels

## 15. November

BEIFALL NACH EINER
REDE IST ZU 90 %
ERLEICHTERUNG.

Dieter Thoma

# 16. November

MACH DICH NICHT SO KLEIN.
DU BIST NICHT SO GROSS.

Bruno Kreisky

# 17. November

ENTSCHEIDE BESSER UNGEFÄHR RICHTIG ALS GENAU FALSCH.

Gerhard Weigle

# 18. November

DER KLÜGERE GIBT SO
LANGE NACH,
BIS ER SELBST DER
DUMME IST.

Volksweisheit

## 19. November

KOMPROMISSE SIND
DANN VOLLKOMMEN,
WENN BEIDE
BEKOMMEN,
WAS SIE NICHT HABEN
WOLLTEN.

Edgar Faure

# 20. November

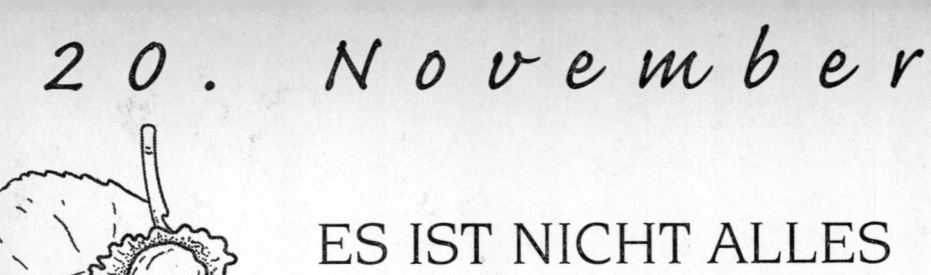

ES IST NICHT ALLES
KOSTENLOS,
WAS UMSONST
IST.

Dieter Thoma

# 21. November

DAS GROSSE KARTHAGO FÜHRTE DREI KRIEGE. ES WAR NOCH MÄCHTIGER NACH DEM ERSTEN, NOCH BEWOHNBAR NACH DEM ZWEITEN. ES WAR NICHT MEHR AUFFINDBAR NACH DEM DRITTEN.

Bert Brecht

# 22. November

MAN KANN BEI DER AUSWAHL SEINER FEINDE NICHT SORGFÄLTIG GENUG SEIN.

Oscar Wilde

# 23. November

EIN IDIOT, DER SICH BEWEGT,
IST WICHTIGER ALS ZEHN
INTELLEKTUELLE,
DIE DASITZEN UND REDEN.

Jean Cocteau

# 24. November

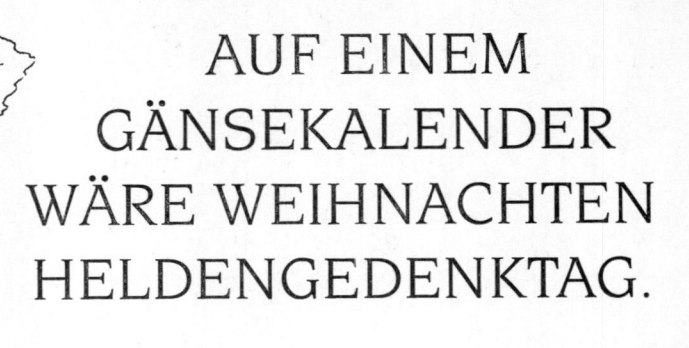

AUF EINEM
GÄNSEKALENDER
WÄRE WEIHNACHTEN
HELDENGEDENKTAG.

Josef Meyer O'Mayr

# 25. November

AUCH DAS HAPPY-END IST NUR EIN ENDE.

Dieter Thoma

# 26. November

VIELE KINDER HABEN
SCHWER ERZIEHBARE
ELTERN.

Rupert Schützbach

## 27. November

DAS ALTER LÄSST SICH LEICHTER ERTRAGEN, WENN MAN DEN FALTENWURF IM GESICHT ALS KÜNSTLERISCHE DRAPIERUNG BETRACHTET.

Vivien Leigh

## 28. November

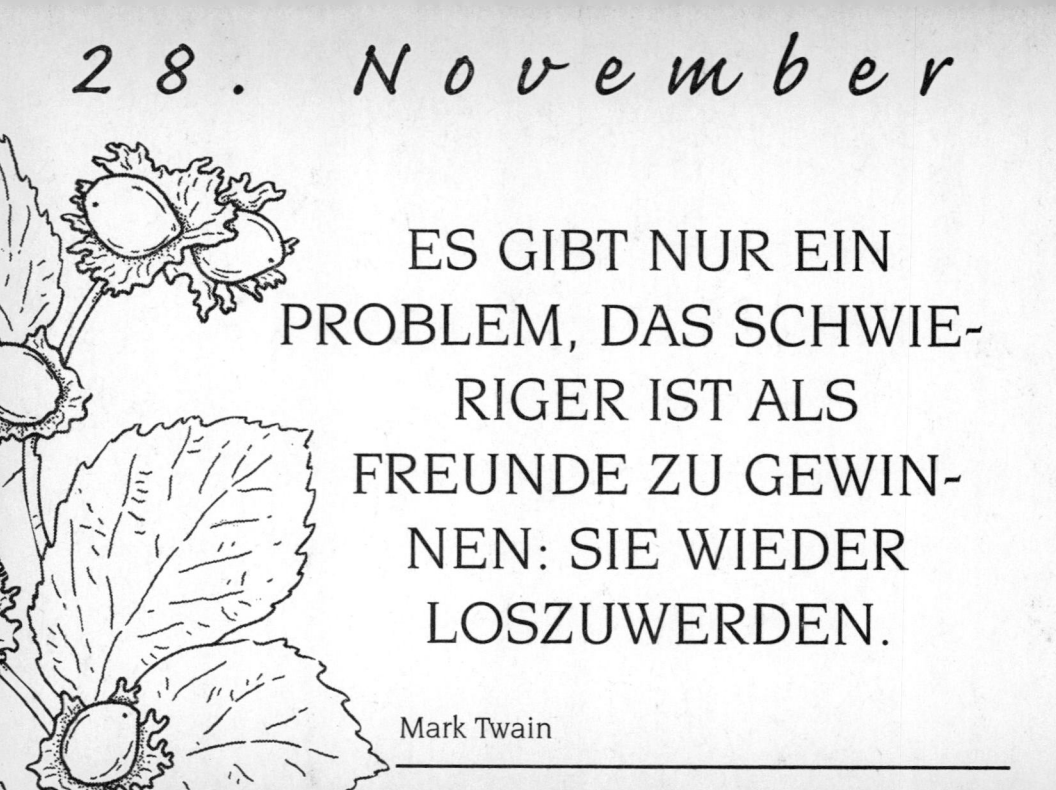

ES GIBT NUR EIN PROBLEM, DAS SCHWIERIGER IST ALS FREUNDE ZU GEWINNEN: SIE WIEDER LOSZUWERDEN.

Mark Twain

# 29. November

DAS GRÖSSTE VERGNÜGEN
ALLER GEIZHÄLSE
BESTEHT DARIN, SICH
EIN VERGNÜGEN ZU
VERSAGEN.

Gottfried Benn

# 30. November

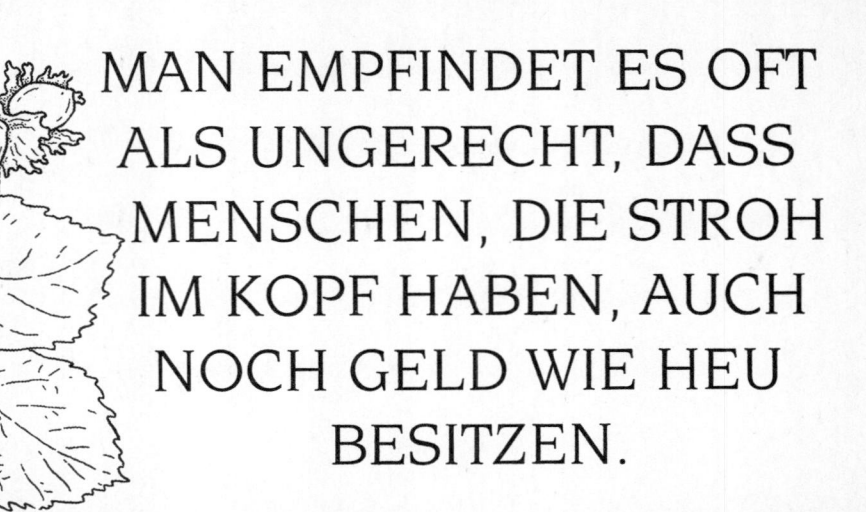

MAN EMPFINDET ES OFT ALS UNGERECHT, DASS MENSCHEN, DIE STROH IM KOPF HABEN, AUCH NOCH GELD WIE HEU BESITZEN.

Gerhard Uhlenbruck

# 1. Dezember

WIR LEBEN ALLE UNTER
DEMSELBEN
HIMMEL, ABER WIR
HABEN NICHT
ALLE DENSELBEN
HORIZONT.

Konrad Adenauer

## 2. Dezember

> WENN ES DEN POLITIKERN DIE SPRACHE VERSCHLÄGT, HALTEN SIE EINE REDE.

Friedrich Nowottny

## 3. Dezember

DIE HENNE IST DAS KLÜGSTE GESCHÖPF IM TIERREICH. SIE GACKERT ERST, NACHDEM DAS EI GELEGT IST.

Abraham Lincoln

## 4. Dezember

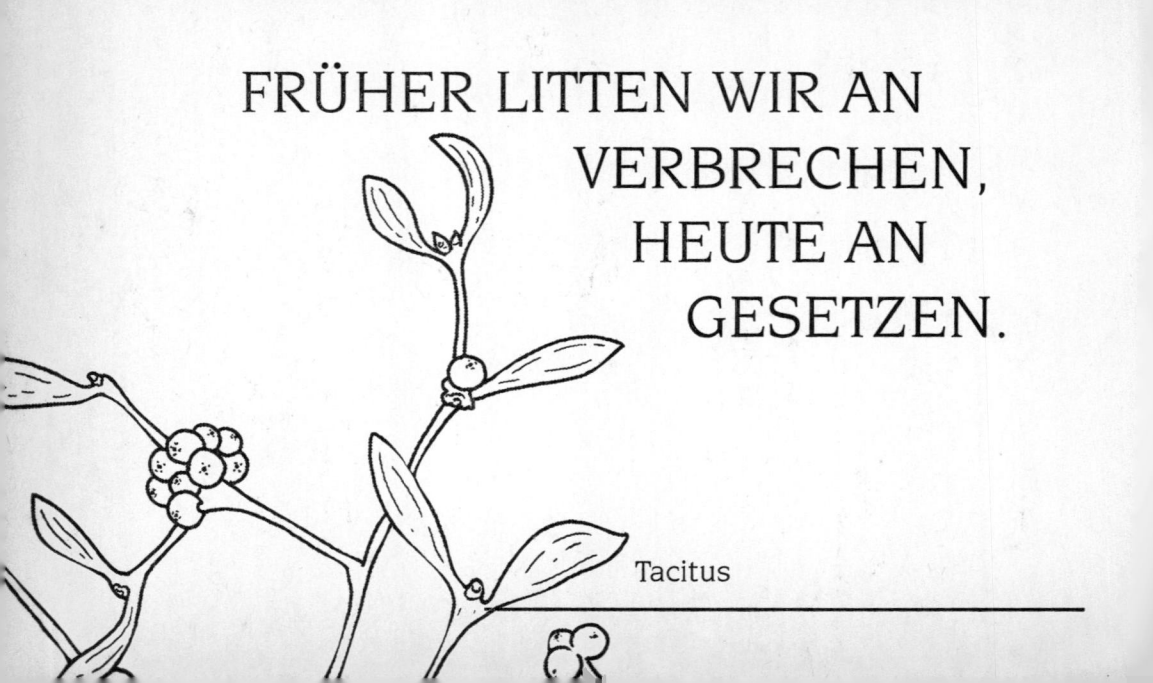

FRÜHER LITTEN WIR AN VERBRECHEN, HEUTE AN GESETZEN.

Tacitus

# 5. Dezember

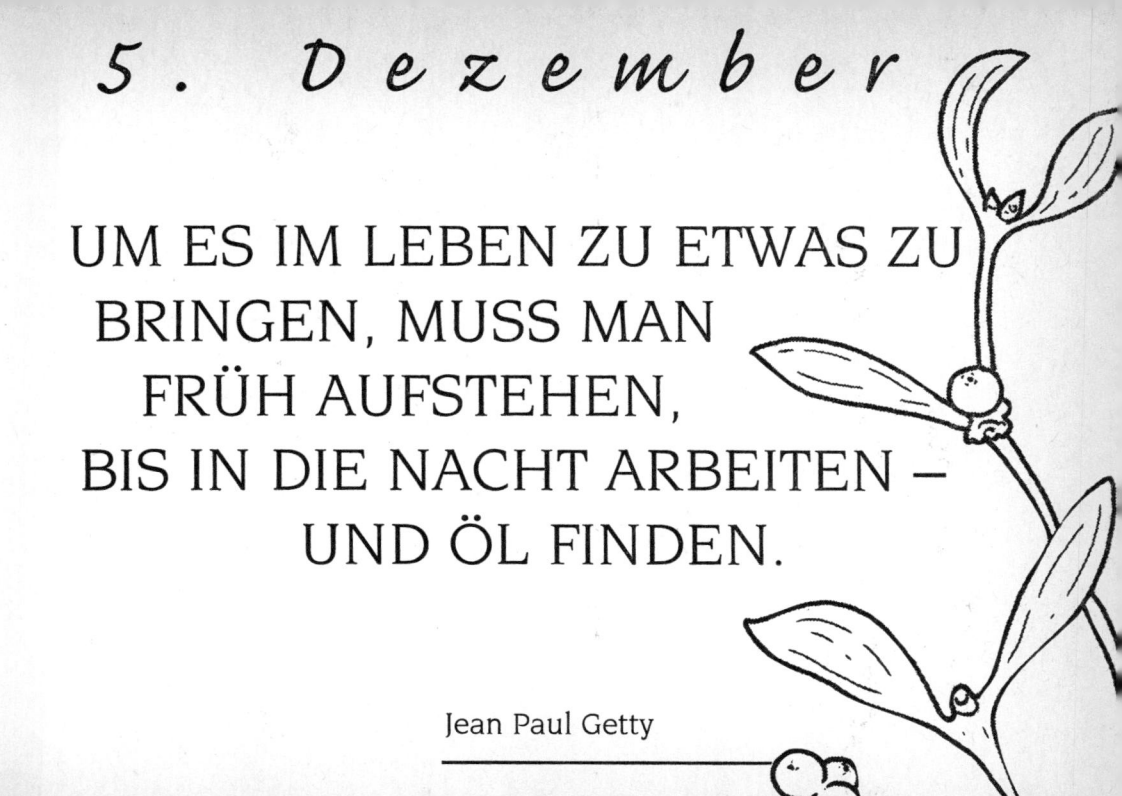

UM ES IM LEBEN ZU ETWAS ZU BRINGEN, MUSS MAN FRÜH AUFSTEHEN, BIS IN DIE NACHT ARBEITEN – UND ÖL FINDEN.

Jean Paul Getty

# 6. Dezember

## DIE BESTE TARNUNG IST DIE WAHRHEIT. DIE GLAUBT EINEM KEINER!

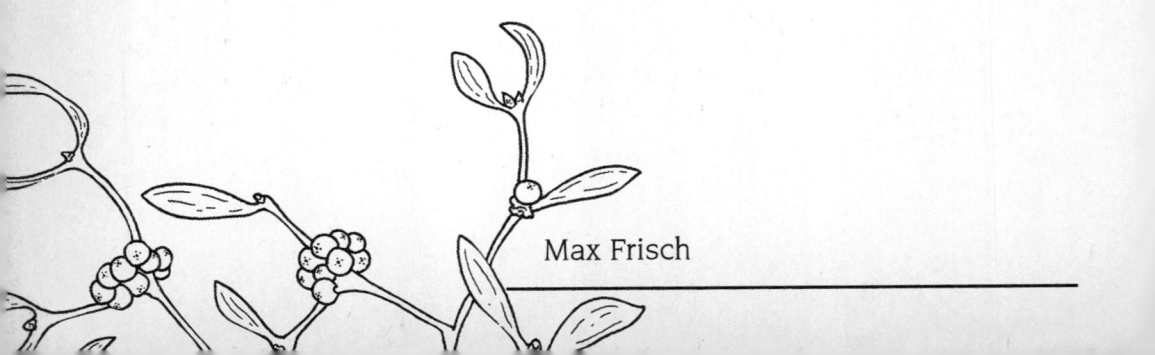

Max Frisch

# 7. Dezember

GEIZHÄLSE SIND DIE PLAGE IHRER ZEITGENOSSEN, ABER DAS ENTZÜCKEN IHRER ERBEN.

Theodor Fontane

# 8. Dezember

DER VORTEIL DER KLUGHEIT LIEGT DARIN, DASS MAN SICH DUMM STELLEN KANN. DAS GEGENTEIL IST SCHON SCHWIERIGER.

Kurt Tucholsky

# 9. Dezember

**WAS ES ALLES GIBT,
DAS ICH NICHT
BRAUCHE!**

Aristoteles

# 10. Dezember

**KRISEN MEISTERT MAN AM BESTEN, WENN MAN IHNEN ZUVORKOMMT.**

Walt Whitmann Rostow

# 11. Dezember

VIELE MENSCHEN SIND ZU GUT ERZOGEN, UM MIT VOLLEM MUND ZU SPRECHEN; ABER SIE HABEN KEINE BEDENKEN, DIES MIT LEEREM KOPF ZU TUN.

Orson Welles

# 12. Dezember

LERNEN IST WIE RUDERN GEGEN DEN STROM.
HÖRT MAN DAMIT AUF,
TREIBT MAN ZURÜCK.

Laotse

## 13. Dezember

ALS ICH KLEIN WAR,
GLAUBTE ICH, GELD SEI DAS
WICHTIGSTE IM LEBEN.
HEUTE, DA ICH ALT
BIN, WEISS ICH:
ES STIMMT.

Oscar Wilde

# 14. Dezember

WENN DU EINEN MENSCHEN GLÜCKLICH
MACHEN WILLST, DANN FÜGE NICHTS
SEINEN REICHTÜMERN HINZU,
SONDERN NIMM
IHM EINIGE VON
SEINEN WÜNSCHEN.

Epikur

## 15. Dezember

DER OPTIMIST ERKLÄRT,
DASS WIR IN DER BESTEN
ALLER MÖGLICHEN WELTEN
LEBEN, UND DER
PESSIMIST FÜRCHTET, DASS DIES
WAHR IST.

James Branch Cabell

# 16. Dezember

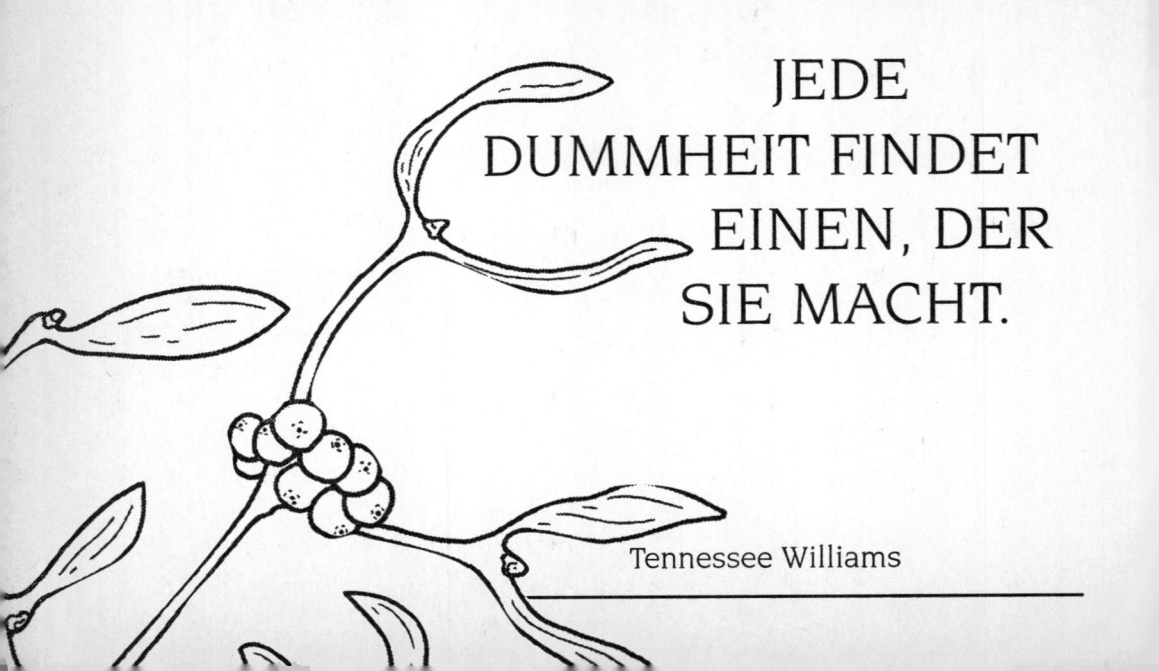

JEDE DUMMHEIT FINDET EINEN, DER SIE MACHT.

Tennessee Williams

# 17. Dezember

DER EINZIGE MENSCH, DER SICH VERNÜNFTIG BENIMMT, IST MEIN SCHNEIDER. ER NIMMT JEDESMAL NEU MASS, WENN ER MICH TRIFFT, WÄHREND ALLE ANDEREN IMMER DIE ALTEN MASSSTÄBE ANLEGEN IN DER MEINUNG, SIE PASSTEN AUCH HEUTE NOCH.

George Bernard Shaw

# 18. Dezember

EIN SCHERZ, EIN LACHENDES
WORT ENTSCHEIDET
ÜBER GRÖSSTE DINGE
OFT TREFFENDER UND
BESSER ALS ERNST
UND SCHÄRFE.

Horaz

## 19. Dezember

BESSER SCHWEIGEN UND
ALS NARR SCHEINEN,
ALS SPRECHEN UND JEDEN
ZWEIFEL BESEITIGEN.

Abraham Lincoln

# 20. Dezember

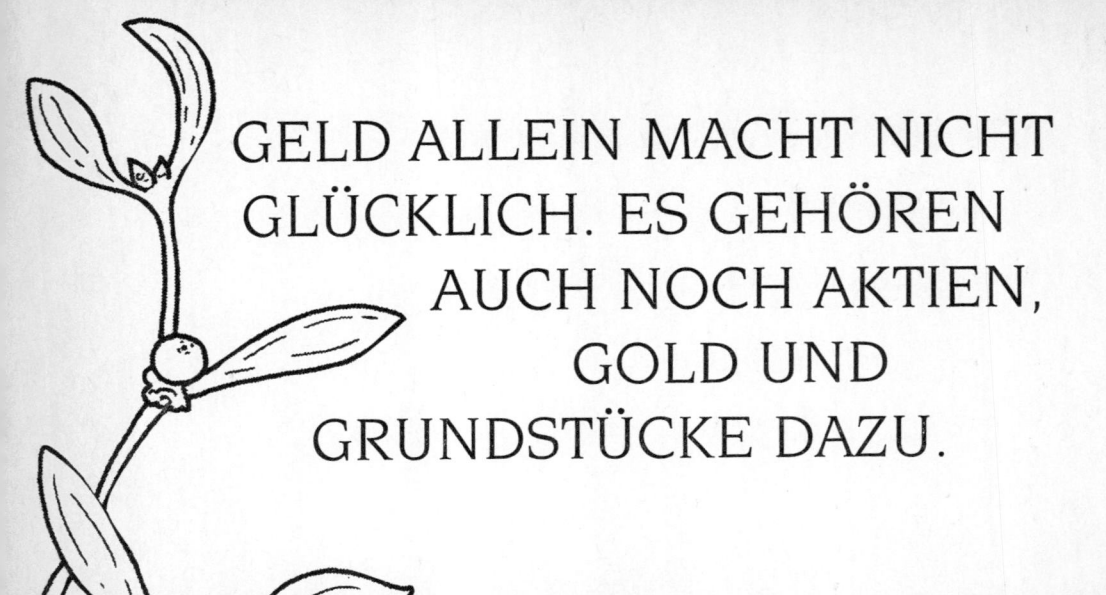

GELD ALLEIN MACHT NICHT
GLÜCKLICH. ES GEHÖREN
AUCH NOCH AKTIEN,
GOLD UND
GRUNDSTÜCKE DAZU.

Danny Kaye

# 21. Dezember

WENN DU EINEN VERHUNGERNDEN HUND
AUFLIEST UND MACHST IHN SATT,
DANN WIRD ER DICH NICHT BEISSEN.
DAS IST DER
UNTERSCHIED
ZWISCHEN HUND UND
MENSCH.

Mark Twain

# 22. Dezember

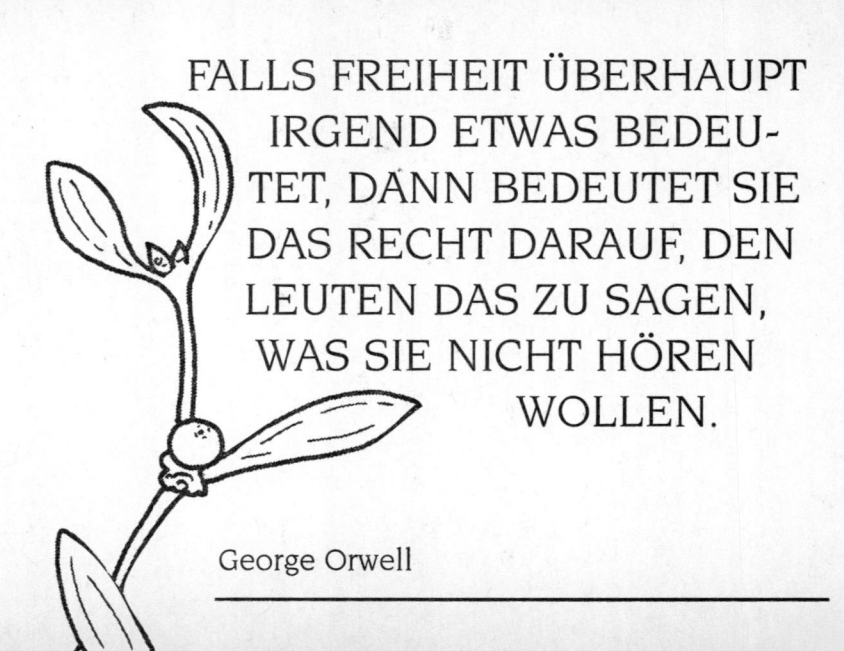

FALLS FREIHEIT ÜBERHAUPT IRGEND ETWAS BEDEUTET, DANN BEDEUTET SIE DAS RECHT DARAUF, DEN LEUTEN DAS ZU SAGEN, WAS SIE NICHT HÖREN WOLLEN.

George Orwell

## 23. Dezember

WIR LIEBEN DIE MENSCHEN,
DIE FRISCH HERAUS-
SAGEN, WAS SIE
DENKEN – FALLS SIE DAS
GLEICHE DENKEN
WIE WIR.

Mark Twain

# 24. Dezember

EIN BANKIER IST EIN MENSCH, DER SEINEN SCHIRM VERLEIHT, WENN DIE SONNE SCHEINT UND DER IHN SOFORT ZURÜCKHABEN WILL, WENN ES ZU REGNEN BEGINNT.

Mark Twain

# 25. Dezember

DAS BESTE MITTEL, JEDEN TAG GUT ZU BEGINNEN, IST BEIM ERWACHEN DARAN ZU DENKEN, OB MAN NICHT WENIGSTENS EINEN MENSCHEN AN DIESEM TAGE EINE FREUDE MACHEN KÖNNE.

Friedrich Nietzsche

## 26. Dezember

ES GIBT ZWEI TRAGÖDIEN IM LEBEN. DIE EINE: DASS DEIN HERZENSWUNSCH NICHT ERFÜLLT WIRD.
DIE ANDERE:
DASS ER ES WIRD.

George Bernard Shaw

# 27. Dezember

DU KANNST NICHT
SCHLITTSCHUHLAUFEN LERNEN,
OHNE DICH LÄCHER-
LICH ZU MACHEN.
AUCH DAS EIS DES
LEBENS IST GLATT.

George Bernard Shaw

## 28. Dezember

ICH HABE EINE DIÄT GEMACHT
UND FETTEM ESSEN
UND ALKOHOL ABGE-
SCHWOREN –
IN ZWEI WOCHEN VERLOR
ICH 14 TAGE.

Joe E. Lewis

# 29. Dezember

JEDER MENSCH BEREITET UNS
AUF IRGENDEINE ART
VERGNÜGEN: DER EINE, WENN
ER EIN ZIMMER BETRITT,
DER ANDERE, WENN ER
ES VERLÄSST.

Hermann J. Bang

# 30. Dezember

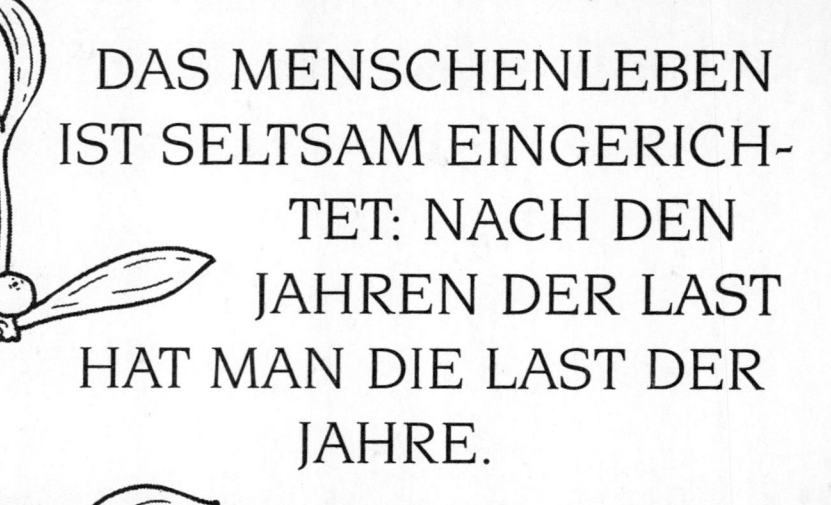

> DAS MENSCHENLEBEN IST SELTSAM EINGERICHTET: NACH DEN JAHREN DER LAST HAT MAN DIE LAST DER JAHRE.

Johann Wolfgang von Goethe

# 31. Dezember

ORDEN SIND MIR WURSCHT, ABER HABEN WILL ICH SIE.

Johannes Brahms

Dieses Werk berücksichtigt die neue deutsche Rechtschreibung.

Die Ratschläge in diesem Kalender wurden von Autoren und Verlag sorgfältig geprüft, dennoch kann eine Garantie nicht übernommen werden. Eine Haftung der Autoren bzw. des Verlags für Personen-, Sach- und Vermögensschäden ist ausgeschlossen.

© by Pabel-Moewig Verlag KG, Rastatt
www.MOEWIG.de
Redaktion: Heidelore Kluge
Coverfoto: IFA, München
Alle Rechte vorbehalten
Printed in Germany
ISBN 3-8118-1700–0

# In dieser Reihe ebenfalls erschienen:

**Augenblicke voller Weisheit**

378 Seiten, Hardcover
mit zahlreichen
Illustrationen
Format 16,0 x 12,0 cm
ISBN 3-8118-1701-9